古典詩歌研究彙刊

第五輯

龔鵬程 主編

第 13 冊

楊萬里山水詩研究

林珍瑩 著

國家圖書館出版品預行編目資料

楊萬里山水詩研究／林珍瑩 著 -- 初版 -- 台北縣永和市：花
木蘭文化出版社，2009〔民 98〕

目 2+138 面；17×24 公分
（古典詩歌研究彙刊 第五輯；第 13 冊）

ISBN 978-986-6528-62-0（精裝）
1.（宋）楊萬里 2.山水詩 3.宋詩 4.詩評

851.4523 98000947

ISBN - 978-986-6528-62-0

9 789866 528620

古典詩歌研究彙刊
第五輯 第十三 冊 ISBN：978-986-6528-62-0

楊萬里山水詩研究

作 者 林珍瑩
主 編 龔鵬程
總 編 輯 杜潔祥
出 版 花木蘭文化出版社
發 行 所 花木蘭文化出版社
發 行 人 高小娟
聯絡地址 台北縣永和市中正路五九五號七樓之三
電話：02-2923-1455／傳眞：02-2923-1452
網 址 http://www.huamulan.tw 信箱 sut81518@ms59.hinet.net
印 刷 普羅文化出版廣告事業
初 版 2009 年 3 月
定 價 第五輯 20 冊（精裝）新台幣 28,000 元

楊萬里山水詩研究

林珍瑩 著

作者簡介

台灣台南縣人
學歷：國立中正大學中文研究所博士
　　　國立高雄師範大學國文研究所碩士
現任：台南科技大學通識教育中心專任副教授

提　　要

　　誠齋先生楊萬里，與尤袤、陸游、范成大共執南宋詩壇之牛耳，並稱為南宋四大家。誠齋詩集存詩四千二百多首，其中山水詩約佔五分之一，在山水詩發展史中，無論內容或技巧，皆居舉足輕重之地位，實為山水詩之大家。為歷來研究誠齋者，或泛論其詩作，或專注其「誠齋體」，而少及其山水詩。是以本文研究誠齋山水詩，重人之所略，自當有其意義。

　　本文首先明確山水詩之定義，設立擇取之標準，臚列精華佳篇作為解說之例證。再經由誠齋生平、思想，及當代文化背景，探尋其山水詩構成之內因外緣。藉分析作品之思想內容與表現技巧，掌握其主體特色，以實例印證理論，並穿插論述其作品風格形成之所以然。最後綜述作結，用比較異同方式，凸顯誠齋山水詩之特色與價值。

　　談論「誠齋體」者，多止於概說其特色。筆者研究誠齋詩，發現最能體現「誠齋體」之藝術特色，莫如山水詩，乃黽勉論述「誠齋體」形成之因緣，並歸納詩風為清新自然、死蛇活弄、飛動馳擲三端。除「誠齋體」一格外，其山水詩又有深沉蘊藉、平淡有味之詩風。前者於感憤國事、諷議時政之愛國山水詩篇中，時時見之，此有得於晚唐詩風者，而歷來評議者鮮少觸及；後者之表現實宋詩特色之一反映，尤其誠齋山水詩規摹畫法，寫出情景交融、詩中有畫、富於韻味之詩境，多歷來詩評家之未言。乃知誠齋山水詩自有因承，而難能可貴者尤在開創發明，至於反映一代詩風，猶其餘事也。

　　研究誠齋山水詩，不但得見其詩歌本質，尤能具體而微反映宋詩特色之趨向。雖一得之察，然於進探宋代詩歌之藝術表現，宏觀歷代山水詩之流變，不無小補云。

目

次

第一章　緒　論

　　中國山水詩源遠流長，數量眾多，內容豐富，藝術精湛，這一份
寶貴的文學遺產，值得吾人珍惜並加以研究。目前研究山水詩者，多
朝著以下幾個方向努力：一、洞察山水詩興起的內因外緣，以便掌握
早期山水詩的思想內涵和藝術特質，以助於探究山水詩的流變。二、
關於山水詩的藝術風格流派、詩中有畫、山水詩的美學研究等各論題
的宏觀研究。三、關於各代重要山水詩人的研究。四、詩人的比較研
究。其中關於各代重要山水詩的研究方面，向來多集中在六朝與唐代
著名大家的探論，相對地冷落了兩宋以後的山水詩人。就兩宋山水詩
人的研究而言，又以北宋詩人所獲之青睞較多，因此南宋山水詩人的
研究，是一片值得開發的園地。

　　被譽為南宋四大家之一的楊誠齋，存詩四千二百多首，其中山水
詩約佔五分之一（八百餘首），稱他為山水詩人實不為過。南宋張鎡
稱其「南紀山川題欲徧，中朝文物寫無遺」；姜夔則謂：「年年花月無
閑日，處處山川怕見君」；早已指出誠齋山水詩之可觀〔註1〕，晚近稱
說誠齋為山水詩人的學者亦不少〔註2〕。然而就筆者管見的資料顯

〔註1〕詩見張鎡《南湖集》卷六〈誠齋以南海朝天兩集見惠因書卷末〉；姜
　　　　夔《白石道人詩集》卷下〈送朝天續集歸誠齋時在金陵〉。
〔註2〕如袁行霈《中國詩歌藝術研究・中國山水詩的藝術脈絡》、胡明《南
　　　　宋詩人論・楊萬里散論》、章尚正〈八十年代山水文學研究縱橫觀〉、

示，研究誠齋詩學者，焦點多集中在誠齋體〔註3〕，或其詩論與「活法」。而最近廣東高級教育出版社出版，李文初等著《中國山水詩史》只略論誠齋山水詩藝術技巧上的特色，思想內容方面則未作分析論述。故全面性探論誠齋山水詩的專文可謂闕如，是以整理誠齋山水詩，並作深入的探究，實有其必要性！

歷來評議誠齋詩之散論不少，其中觸及山水詩者，雖吉光片羽，皆極具啓發性。傅璇琮（署名湛之）所編《楊萬里范成大資料彙編》，即彙輯宋以降各代評論誠齋的資料，最富有參考價值。近人的相關研究方面，蕭馳《中國詩歌美學‧自然境界中自我的泛化與發現》——山水詩藝術的發展，分析誠齋山水詩的美學境界；胡明《南宋詩人論‧楊萬里散論》略論誠齋體及山水詩的技巧表現；陳義成《楊萬里研究‧楊萬里詩研究》，將誠齋詩分爲征行、詠物、憂世、簡寄酬贈送餞題挽等四類，其中征行一類稍稍論及山水詩；周啓成《楊萬里和誠齋體》一書，著重誠齋體及誠齋詩論的探討；歐陽炯〈楊誠齋詩研究〉一文，泛論誠齋詩之技巧及特色。此外，有關誠齋詩文的選註，如周汝昌《楊萬里選集》、于北山《楊萬里詩文選注》、吳功正《山水詩注析》、毛谷風《宋人七絕選》、金啓華及臧維熙《古代山水詩一百首》、繆鉞等

〔註3〕 余冠英主編《中國古代山水詩鑒賞辭典》附錄、金啓華及臧維熙《古代山水詩一百首》前言等，文中均以誠齋爲山水詩大家。
《滄浪詩話‧詩體》以人而論，詩體列有「楊誠齋體」，嚴羽小注：「其初學半山后山，最後亦學絕句於唐人。已而盡棄諸家之體而別出機杼。蓋其自序如此也。」（所謂「自序」指〈荊溪集序〉）。可見「誠齋體」並非泛指誠齋詩歌，基本上是指誠齋跳出前人藩籬後，自出機杼所寫的一類詩歌。誠齋自淳熙五年元旦「忽若有悟」後，做詩多半依恃「活法」，不死守宗派法則，不拘泥句法詩法，任隨不同的感興而別出心裁。歷來評定「誠齋體」大多著眼於此。關於「誠齋體」的特色，討論者不少：《中國大百科全書》「楊萬里」條（中國大百科全書出版社，1986 年 11 月）；劉德清〈楊萬里詠梅詩與誠齋體活法〉（《江西大學學報》社科版，1989 年 1 月）；周啓成《楊萬里和誠齋體》（上海古籍出版社）；胡明《南宋詩人論‧楊萬里散論》（學生書局，民國 79 年 6 月）；皆可參者。大抵可以「新」、「奇」、「活」、「快」、「趣」來概括，詳參本論文第六章。

編著《宋詩鑑賞辭典》、余冠英主編《中國古代山水詩鑒賞辭典》等，
或作宏觀之介紹，或作鳥瞰之評析，雖非專論，然皆有助於誠齋山水
詩之研究。

　　本文研究誠齋山水詩，以《四部叢刊》日本抄宋本《誠齋集》爲
底本，旁參《四部備要》本《誠齋詩集》，及中央圖書館藏烏絲闌朱
校本《誠齋集》。首先參考諸家說法，明確山水詩之定義，樹立擇取
之標準，並篩選出菁華佳篇，作爲解說之例證〔註4〕，以見其山水詩

─────────────────────

〔註4〕 本論文所舉誠齋山水詩，或思想內容與藝術形式兼美者、或能體現
　　　 誠齋山水詩之藝術主體表現者，其篇目如下：

《江湖集》
　　卷一：〈除夕前一日歸舟夜泊曲渦市宿治平寺〉、〈過百家渡四絕句〉。
　　卷二：〈明發新塗晴快風順約泊樟鎮〉、〈泊樟鎮〉、〈過下梅〉、〈到龍
　　　　　山頭〉、〈同君俞季永步至普濟寺晚泛西湖以歸得四絕句〉、〈雪
　　　　　後晚晴四山皆青惟東山全白賦最愛東山晴後雪二絕句〉。
　　卷三：〈彥通叔祖約游雲水寺二首〉、〈晚望二首〉、〈三月三日雨作遣
　　　　　悶十絕句〉其二及其十、〈過神助橋亭〉、〈過大皁渡〉、〈南溪
　　　　　暮立〉。
　　卷四：〈小雨〉、〈丁亥正月新晴晚步二首〉、〈明發弋陽縣〉、〈桐廬道
　　　　　中〉、〈全溪道中〉、〈將至建昌〉、〈新塗抛江〉、〈秋曉出郊二
　　　　　絕句〉。
　　卷五：〈初秋暮雨〉、〈秋日晚望〉、〈至鷗鴣洞〉、〈過秀溪長句〉、〈題
　　　　　薦福寺〉、〈晚過黃洲鋪二絕〉。
　　卷六：〈豫章江皋二絕句〉、〈歸自豫章復過西山〉、〈登烏石寺〉、〈初
　　　　　夏三絕句〉。
　　卷七：〈小池〉、〈觀陂水〉、〈劉村渡二首〉。

《荊溪集》
　　卷八：〈宿小沙溪〉二首、〈玉山道中〉、〈入常山界〉二首、〈過招賢
　　　　　渡〉四首、〈舟泊吳江〉三首、〈登淨遠亭〉、〈淨遠亭晚望〉、
　　　　　〈雪霽出城〉、〈春暖郡圃散策〉三首、〈休日登城〉、〈淨遠亭
　　　　　午望〉二首。
　　卷九：〈雨足曉立郡圃荷橋〉、〈荷橋暮坐〉三首其一及其二、〈雨後
　　　　　晚步郡圃〉二首、〈曉坐荷橋〉四首、〈苦熱登多稼亭〉二首、
　　　　　〈暮熱游荷池上〉五首。
　　卷十：〈曉坐多稼亭〉、〈閏六月立秋後暮熱追涼郡圃〉二首、〈秋暑〉
　　　　　三首、〈檜逕步〉二首、〈七月既望晚觀菱壕〉、〈晚登淨遠亭〉
　　　　　二首、〈晚風寒林〉二首。

之地位與成就。再考察誠齋生平、思想，及當代文化背景，由內因外緣，探尋其山水詩構成的主因。在分析作品的思想內容及表現技巧上，儘可能掌握其主體特色，以實例解說，並穿插論述其作品風格形成之所以然。最後綜合各章所論，作一結語，並藉比較誠齋與其他著名山水詩人之異同，以凸顯誠齋山水詩之特色與價值。

首、〈過瓜洲鎮〉、〈皂角林〉、〈舟過楊子橋遠望〉、〈晚泊楊州〉、〈湖天暮景〉五首其一、二、三、〈登楚州城〉、〈初入淮河四絕句〉、〈題盱眙軍東南第一山〉二首。

卷二十八：〈雪霽曉登金山〉。

卷二十九：〈過臨平蓮蕩〉四首、〈過嬰闖湖〉三首、〈高郵野望〉二首、〈過新開湖〉五首、〈瓦店雨作〉四首其二及其四。

卷三十：〈望楚州新城〉、〈過寶應縣新開湖〉十首。

《江東集》

卷三十二：〈發銀樹林〉、〈過謝家灣〉、〈曉過花橋入宣州界〉四首。

卷三十三：〈宿池州齋山寺即杜牧之九日登高處〉、〈池口移舟入江再泊十里頭潘家灣阻風不止〉、〈江山暮景有歎〉二首、〈宿峨橋化城寺〉二首。

卷三十四：〈宿新市徐公店〉二首、〈明發祈門悟法寺溪行險絕〉六首、〈過闇門溪〉、〈闇門外登溪船〉五首。

卷三十五：〈入浮梁界〉、〈過松源晨炊漆公店〉六首、〈舟過安仁〉五首其一、其二、其三、〈發楊港渡入交石夾〉四首其三、〈發趙屯得風宿楊林池是日行二百里〉。

《退休集》

卷三十七：〈與侯子雲溪上晚步〉、〈積雨小霽〉。

卷三十八：〈南溪早春〉。

卷三十九：〈夏至雨霽與陳履常暮行溪上〉二首其一。

卷四十一：〈晚宿小羅田〉四首其一、二。

第二章 誠齋之生平與詩歌

　　誠齋山水詩的特色是如何形成的呢？其內容表現以旅途紀行、閑居雜感和公餘休閒爲多，深受時代背景所制約〔註1〕。至於構思靈活，用語不避俚俗，詩中不時流露出幽默諧趣的一面，則爲其生命之寫照〔註2〕，因論述其生平大要有關於山水詩者，以爲佐證參考之資。

　　楊萬里，字廷秀，號誠齋野客，學者尊稱爲誠齋先生〔註3〕。南宋吉州吉水（今江西吉安）人，生於高宗建炎元年（1127），紹興二十四年（1154）策進士第，時年二十八。歷任知縣、知州、國子博士、太常丞、吏部郎中、太子侍讀、樞密院檢詳、祕書監、轉運副使等職。寧宗開禧二年（1206）卒，享年八十〔註4〕。

〔註1〕見第四章第一節之論述。
〔註2〕誠齋山水詩之主體藝術表現除此外，另有委婉含蓄一路，受晚唐詩之影響（見本論文第六章第二節）。其詩透脫靈活，用語不避俚俗，深具幽默諧趣的一面，固然受當代文化風尚的影響，及蘇軾之啓發（見本論文第六章第一節），不過這是外緣的誘發。要解釋誠齋何以自然地形成此種藝術表現方式，尚須從其生命氣質中找尋答案。
〔註3〕《宋史》卷四三三儒林傳云：「紹興二十四年進士第。爲贛州司戶，調永州零陵丞。時張浚謫永，杜門謝客，萬里三往不得見，以書力請，始見之。浚勉以正心誠意之學，萬里服其教終身，迺名讀書之室曰『誠齋』。」又：「光宗嘗爲書『誠齋』二字，學者稱誠齋先生。」
〔註4〕《宋史》卷四三三儒林傳云：「開禧元年，召，復辭。明年，遷寶謨閣學士，卒，年八十三。」據此，則誠齋當生於北宋徽宗宣和六年（1124），明清學者本之。自錢大昕始疑誠齋之生年。陳義成《楊萬

誠齋四世祖楊堪，三世祖楊開及祖父格非，三世業白，事蹟無
考。父芾，字文卿，隱吉水之南溪，號南溪居士〔註5〕，家無田產，
授徒以養，暇則教子。所以誠齋的啓蒙老師就是父親楊芾。一個鄉
村塾師的生活極爲清苦，無怪乎誠齋長年不飽飯，「借令字堪煮，識
字亦幾希。啼飢如不聞，飢慣不自啼。」（〈明發白沙灘聞布穀有感〉，
《詩集》卷十六）實爲其幼年生活的寫照。由於出身寒微，使他更
容易接近平民，受市井生活的活力及藝術趣味的濡染，其山水詩喜
用擬人法形象化山水，俚辭俗語衝口而來，深具活潑之性靈的秘密，
殆出於此〔註6〕。

僅管家貧如洗，芾仍忍饑寒以市書，積十年得千卷，謂誠齋曰：「是
聖賢之心具焉，汝盍懋之！」後誠齋爲官，芾每以「儉則不賄」勉之，
還曾攜誠齋去拜見有節操有學問的前輩，如張九成、胡銓等，爲誠齋
樹立了效法的榜樣。此外，誠齋的老師之中如王庭珪者，人格挺立，
錚錚硬骨，對他起了典範作用〔註7〕。誠齋秉性剛直耿介，立朝謇謇，

里研究》楊萬里生卒年月辨正，引誠齋詩文自述，其子楊長孺撰〈誠
齋楊公墓誌〉，與劉克莊〈題誠齋畫像〉詳加考證，判定誠齋實生於
高宗建炎元年，享壽八十，可訂宋史之誤。

〔註5〕楊芾事蹟詳見胡銓《胡澹菴文集》卷二十五〈楊君文卿墓誌銘〉。

〔註6〕蕭馳《中國詩歌美學》云：「楊萬里生活的時代，是資本主義因素萌
芽的準備階段。土地私有、租佃關係在農村推行起來，熙熙攘攘的
市井平民世界在城市出現了。在勾欄瓦舍，茶樓酒肆間『別有藝文
興起，即以俚語著書，敘述故事』，其新的審美趣味難免不侵襲正統
文化的詩壇。楊萬里出身寒微⋯⋯，這種經濟地位，當會使他更容
易接近平民的生活，受到其生活、藝術趣味的濡染。」「楊萬里擬人
主義詩學的真正秘密，卻在于他在不自覺中，以接近市井社會平民
的情感內容充實了這個作爲『天地之心』的人的抽象形式。而這，
卻不是他的時代哲學，而是他的時代的生活賦予他的。」（頁164）
所論甚是。

〔註7〕王庭珪早年太學讀書時，歐陽修、蘇軾、黃庭堅的作品，因黨爭緣
故被列爲禁書，他卻大膽犯禁，私下閱讀仿作。誠齋因此更加重視
學習歐蘇黃的作品，並欽服其過人的膽識。紹興年間，秦檜力主和
戎之議，胡銓上書乞斬檜，謫新州，庭珪不顧己之安危，賦詩送行，
後遭人告密，貶斥辰州，此等錚錚硬骨，令誠齋萬分心折，也深切

葛天民稱他是「脊梁如鐵心如石，不曾屈膝不皺眉」（《葛無懷小集・寄楊誠齋》）。雖是執節守度堅持原則，卻也饒富幽默詼諧，如與金石至交尤袤、朱熹談話吟詠間，時好戲謔，且不僅謔人，亦自謔以娛人，如「尤物移人」之應，「彭越安在」之問，有腸無腸之吟，文戈寶氣之對，贈劉約之之詩，著寬袖布衫之呵等，皆可見其一斑〔註8〕。

　　誠齋心境澄澈，胸懷灑落，有濟世之志而無功利之慾，羅大經言之甚明〔註9〕，蓋不以顯祿爲可戀，時作歸田之計。顯其詩，時時流露活淡寡慾之心性，可以略窺其襟抱，如：

　　　　山林早回首，詩酒且平生。（〈得親老家問〉）

　　　　不妨聊吏隱，何必更林泉。（〈曉登懷古堂〉）

　　　　只教詩句清如雪，看的榮名細似埃。（〈晚興〉）

　　　　徑須父子早歸田，粗茶淡飯終殘年。（〈得小兒壽俊家書〉）〔註10〕

紹熙二年官江東轉運副使時，有詩曰：

影響誠齋的政治觀點，而誠齋持節守度、愛國忠君的操守，也不能不說是受其薰陶。詳見《誠齋集》卷八十三〈杉溪集後序〉與《誠齋詩話》。

〔註8〕《鶴林玉露》卷六：「淳熙中，誠齋爲祕書監，延之爲太常卿。又同爲青宮寮案，無日不相從。二公皆善謔，延之嘗曰：「有一經句，請祕監對。曰：楊氏爲我。」誠齋應曰：『尤物移人。』眾皆嘆其敏確。誠齋戲呼延之爲『蜛蜅』，延之戲呼誠齋爲『羊』、一日食羊白腸，延之曰：『祕監錦心繡腸，亦爲人所食乎？』誠齋笑吟曰：『有腸可食何須恨，猶勝無腸可食人。』蓋蜛蜅無腸也。一座大笑。厥後閒居，書問往來，延之則曰：『羔兒無恙？』誠齋則曰：『彭越安在？』誠齋寄詩云：『文戈卻日玉無價，寶氣蟠胸金欲流。』亦以蜛戲之也」《詩人玉屑》卷十九引柳溪呂炎近錄：「劉約之丞廬凌，過誠齋，語及晦庵足疾，誠齋因贈約之詩云：『忠顯聞孫定不虛，西樞猶子固應殊。鷺停梧上遺風在，鷺進松間得句無？臍有老農歌贊府，未多薦墨送清都。晦翁若問誠齋叟，上下千峰不用扶。』晦翁後視詩笑云：『我疾猶在足，誠齋疾在口耳。』」《誠齋集》卷六十七〈答陸務觀郎中書〉：「新來做得一箇寬袖布衫，著來也暢，出戶迎賓，入城幹事，便是楊保長云云。呵呵！」。

〔註9〕《鶴林玉露》卷七：「楊誠齋立朝時，計料自京還家之裏費，貯以一篋，鑰而置之臥所，戒家人不許市一物，恐累歸擔，日日若促裝者。」

〔註10〕以上詩句散見《詩集》卷一、卷十、卷十一、卷十二。

今茲秋又至，歸心捺還生。會當掛其冠，高臥聽松聲。（〈秋
日早起〉）

翌年，朝廷下令在江南諸郡行使鐵錢會子，然當時江南不行鐵錢，會
子無法兌現，又不准用以納稅，誠齋以兩淮嘗行鐵錢會子致民怨沸騰
爲鑑，抗不奉詔，不久即謝病辭官〔註11〕。歸里後仍領祠祿，誠齋自
嘲曰：

飽喜飢嗔笑殺儂，鳳皇未可笑狙公。儻逃暮四朝三外，猶
在桐花竹實中。（〈有歎〉《詩集》卷三十六）

果然。此詩作後不久，誠齋連祠祿也謝絕了，真正徹底地「掛冠」了
〔註12〕。誠齋曾說：「學詩須透脫，信手孤自高。衣鉢無千古，丘山
只一毛。」（〈和李天麟〉二首其一，《詩集》卷四），認爲只要胸襟透
脫，就能寫出超妙的作品。其實，誠齋淡泊名利又懂得幽默，豈非「胸
襟透脫」的表現？透脫就是「識度胸襟通達超豁，不縛于世俗之見，
心境活潑，機趣駿利，不執著，不黏滯」〔註13〕。誠齋能轉化江西詩
派「活法」，其山水詩構思靈妙，且充滿幽默俏皮的諧趣，與其性情
是相結合的。

誠齋雖以山水詩聞名，但其田園詩之表現亦佳。他常以旁觀者的
角度，反映農家的生活、呈現農家的勞作，或描繪田家風光，或關懷
農民的疾苦，試舉數首略窺一斑：

衢信中央雨盡頭，蠶缫今歲十分收。穗初黃後枝無綠，不
但麥秋桑亦秋。

〔註11〕 《宋史》卷三十六光宗本紀：「（紹熙三年）八月甲寅，詔兩淮行鐵
錢會子。」誠齋聞詔乃上〈乞罷江南州軍鐵錢會子奏議〉，見誠齋集
卷七〇。

〔註12〕 《後村大全集》卷一百七十四詩話前集：「舊讀楊誠齋絕句云（引此
詩，但第二句作『鳳皇未必勝狙公』，第三句『儻逃』作『幸逃』），
不曉所謂，晚始悟其微意。此自江東漕奉祠歸之作也。鳳雖不聽命
於狙公，然猶待桐花、竹實而飽，以『花』、『實』況祠廩也，欲併
祠廩掃空之爾。未幾，遂請掛冠。」

〔註13〕 語見周啓成《楊萬里和誠齋體》頁36。

黃雲割露幾肩歸，紫玉炊香一飯肥。卻破麥田秧晚稻，未教水牸臥斜暉。

新晴戶戶有歡顏，曬繭攤絲立地乾。卻遣繰車聲獨怨，今年不及去年閑。（《詩集》卷十三〈江山道中蚕麥大熟〉）

田夫拋秧田婦接，小兒拔秧大兒插。笠是兜鍪蓑是甲，雨從頭上濕到胛。喚渠朝餐歇半霎，低頭折腰只不答。秧根未牢蒔未匝，照管鵝兒與雛鴨。（《詩集》卷十三〈插秧歌〉）

下山入屋上山鋤，圖得生涯總近居。桑眼未開先著椹，麥胎纔茁便生鬚。秧疇夾岸隔深溪，東水何緣到得西。溪面秪銷橫一梘，水從空裡過如飛。（詩集卷三十四〈桑茶坑道中〉八首其四、其五）

稻雲不雨不多黃，蕎麥空花早著霜。已分忍飢度殘歲，更堪歲裡閏添長。（《詩集》卷二（〈憫農〉）

研地燒畬旋旋開，豆花麻莢更菘栽。荒山半寸無遺土，田父何曾一飽來。（《詩集》卷三十二〈發孔鎮晨炊漆橋道中紀行〉十首其五）

〈江山道中蚕麥大熟〉三首，描寫蠶麰豐收，農家歡顏，曬繭攤絲，工作繁忙的情形。〈插秧歌〉描寫一家大小冒雨插秧，雖衣服濕透，肚子空空，仍牽掛插秧後的管理而不肯歇手，呈現出農家勞作的艱苦。〈桑茶坑道中〉二首，描寫麥穗剛剛生長，桑葉還未舒展已結椹實的田園風光，以及山農巧用通水器灌溉秧田的智慧。〈憫農〉寫水田遇旱災，旱田遇凍災，窮苦人民難度日的情形，表達作者無限的關懷。〈發孔鎮晨炊漆橋道中紀行〉一詩，對於山農就坡地砍燒草木為灰，就灰下種，不施鉏犁，栽種各種作物，充份利用可耕地若此，仍無法溫飽，作者深表關懷。而誠齋一些描寫自己生活風貌的詩歌，則不時流露出恬淡自適的田園情趣，如：

秀溪何處好，臘尾與春初。山色梅邊淨，人家竹裡居。先生來得得，一笑意舒舒。歸路無燈火，冰輪掛嶺隅。（《詩集》卷四〈和羅巨濟山居十詠〉其八）

夜熱依然午熱同，開門小立月明中。竹深樹密蟲鳴處，時有微涼不是風。(《詩集》卷五〈夏夜追涼〉)〔註14〕

一番暑雨一番涼，眞箇令人愛日長。隔水風來知有意，爲吹十里稻花香。(《詩集》卷五〈夏日頻雨〉)

飯餘浴罷趨涼行，偶憩池頭最小亭。醉倚胡床便成睡，夢聞荷氣忽然醒。半點輕風泛柳絲，忽吹荷葉一時歌。芙蕖好處無人會，最是將開半落時。(《詩集》卷十〈晚涼散策〉)

夕涼恰恰好溪行，暮色催人底急生。半路蛙聲迎步止，一熒松火隔籬明。(《詩集》卷三十九〈夏至雨霽與陳履常暮行溪上〉二首其二)

〈和羅巨濟山居十詠〉一詩，寫詩人家居之清幽，偶有訪客，無限欣喜，「歸路無燈火，冰輪掛嶺隅」是何等瀟灑自適。〈夏夜追涼〉寫出夜深氣清，竹深蟲鳴，靜中生涼的田家情趣。〈夏日頻雨〉寫雨後消暑，隔風稻香，深具悠閑清逸的田園情趣。〈晚涼散策〉二首，寫飯餘胡床醉倚，夢聞荷氣忽然醒；輕風柳絲荷葉歌，芙蕖將開半落，充滿悠閑恬靜的田園逸趣。〈夏至雨霽與陳履常暮行溪上〉一詩，寫「半路蛙聲迎步止，一熒松火隔籬明」，富於素樸簡淡的田家野趣。

除在田園詩中關懷農民外，詩齋還以民歌體裁表現，把觸角伸向辛勤的勞動者及老百姓。〈竹枝歌〉(《詩集》卷二十八)記錄舟子牽夫勞動時的歌聲；〈圩丁詞十解〉(《詩集》卷三十二)則是寫給修堤的圩丁們歌唱，爲他們打氣；〈和王道父山歌〉(《詩集》卷三十五)乃誠齋夜臥舟中，聞有唱山歌者，倚其聲而作；〈十山歌呈太守胡平一〉(《詩集》卷四十二)載螺岡惡少剽掠行旅，爲胡太守平靖之事。其他如〈晚立普明寺門時已過立春去除夕三日爾將歸有嘆〉(《詩集》卷一)、〈憫旱〉、〈旱後郴寇又作〉、〈旱後喜雨〉、(《詩集》卷三)、〈望見靈山〉、(《詩集》卷六)、〈白紵歌舞四時詞〉之夏(《詩集》卷二十)

〔註14〕此詩末句四部叢刊本作「時在微涼不是風」，今據中華四部備要本、烏絲闌朱校本改。

諸什，均表達了對民生疾苦的關懷。

誠齋還塗寫了一些民俗節慶及地方風土的詩歌，最著名的是〈三月三日上忠襄墳因之行散得十絕句〉：

　　草藉輪蹄翠織成，花園巷陌錦幃屏。早來指點遊人處，今在遊人行處行。女唱兒歌去踏青，阿婆笑語伴渠行。只虧郎罷優輕殺，櫺子雙檐挈酒鉼。粉捏孫兒活逼真，象生果子更時新。輸贏一擲渾閒事，空手入城羞殺人。（錄其二、其六、其七，《詩集》卷三十一）

這幾首詩宛如一幅民俗畫，寫小女孩歡喜踏青，父親肩挑盛滿酒食的食盒。熙熙攘攘的人群中，有出售泥娃娃之類的各種玩物，還有賭博式的買賣，遊人有將贏得的各種吃食玩物帶回家的。將建康人民春日郊遊，及民間遊藝的情景，描繪得活靈活現〔註15〕，宛在目前。再如〈上元夜里俗粉米為繭絲書古語置其中以占一歲之福禍之繭卜因戲作長句〉（《詩集》卷五），在描摹元宵節詩人全家共食繭絲的親昵天倫中，寫出了地方風俗和節日氣氛。而〈觀迎神小兒社〉（《詩集》卷二十五）為作者於筠州任時，塗寫當地廟會兒童表演技藝的精彩畫面；〈觀社〉（《詩集》卷三十七）則記述家鄉農民祈福的迎神賽會，身懷絕技的民間藝人賣力演出的熱絡景況。另外，誠齋的一些紀行詩裡也記錄了風土民俗，如〈蜑戶〉（《詩集》卷十六）寫南方沿海少數民族世代以船為家、水居的生活狀況；〈藏船屋〉（《詩集》卷二十九）寫「吳中河畔鑿小沼與河相通，架屋其上，藏船其中」（詩序）的特殊景觀。再如誠齋赴筠州任途中，船過弋陽、阻風鄱陽湖，時近端午節，詩人看見龍舟競賽的盛況，遂寫下了〈過弋陽觀競渡〉、〈端午前一日阻風鄱陽湖觀競渡〉（《詩集》卷二十四）兩首詩。其他如〈至日宿藍坑小民居竹柱荻壁皆不土〉、〈宿長樂縣驛驛皆用葵葉蓋屋狀如櫻葉云〉（《詩集》卷十七）等，均是筆記風土的詩例。

　　此外，誠齋詩集裡有一類很特殊的詩歌——以兒童為題材，描

〔註15〕此詩係光宗紹熙二年，作者在建康任所作。

寫兒童的天眞，刻畫兒童的頑皮活潑、反映兒童的日常生活，如〈稚子弄冰〉（《詩集》卷十一），寫一個愛幻想的小孩，將銅盆裡輕夜凍成的冰塊取下，用彩線貫穿當銅鑼得意地敲著，不意卻敲碎了；〈觀小兒戲打春牛〉（《詩集》卷十二）中，調皮的小兒模仿父親鞭打土牛的頭；〈嘲稚〉（《詩集》卷二十四），寫一個因雨被困在船艙，無聊而打盹的小孩，大人眞要他睡時，他卻逞強硬撐；〈桑茶坑道中〉，寫放牛吃草、懶洋洋的牧童，〈安樂坊牧童〉（俱見《詩集》卷三十四），寫趕牛回家的牧童；〈歸路過南溪橋〉（《詩集》卷三十七）寫呼朋結伴、驅牛過溪的牧童等。誠齋不僅以旁觀大人的身份體貼憐愛兒童的純眞，甚至也參與到兒童的生活和遊戲中，流露出童心未泯的情懷：

> 梅子留酸軟齒牙，芭蕉分綠與窗紗。日長睡起無情思，閑看兒童捉柳花。松陰一架半弓苔，偶欲看書又嬾開。戲掬清泉灑蕉葉，兒童誤認雨聲來。（《詩集》卷三〈閑居初夏午睡起二絕句〉）

> 穉子相看只笑渠，老夫亦復小盧胡。一鴉飛立鈎欄角，仔細看來還有鬚。（《詩集》卷十一〈鴉〉）

> 鬇鬆睡眼熨難開，曳杖緣溪啄紫苔。偶見群兒聊與戲，布衫青底捉將來。（集卷三十七〈與伯勤子文幼楚同登南溪奇觀戲道傍群兒〉）

〈閑居初夏午睡起二絕句〉，寫夏日晝長，百聊的詩人閑看兒童捉柳花，閑得無聊，捧起一掬清泉灑蕉葉，水聲颯颯，令兒童詫異日照晴空，何來雨聲。〈鴉〉詩寫孩童發現生鬚的烏鴉，一本正經地立在欄角，而發出吃笑聲，童心未泯的詩人不禁也笑了起來。最後一首則寫詩人童心未泯，與路旁的孩童玩起捉迷藏來，皆具童趣。

　　總之，除山水詩外，誠齋詩集裡尚有其他值得探論的佳作。由此可證：誠齋不只是追求藝術形式的表現，他也重視社會現實、百姓生活的反映。至於以兒童為題材的詩歌，則顯示其活潑率眞的性靈，這

種性靈也是他創作的原動力。這是筆者翻閱誠齋詩集，研究其山水詩之餘的一點心得。敝帚不敢自珍，聊作獻曝云耳。

　　由於本文專論誠齋山水詩，不論田園詩，故旁及如上。也可看出，田園詩與山水詩相近而實不同。

第三章　山水詩概說

　　在研究誠齋山水詩之前，首先必須明確山水詩的定義。何謂「山水詩」？不只是詩中具有山水之描寫而已。《詩經》中的山水、自然景物，大多作為「比興」的媒介，或用以烘托作者的感情，協助主題的表露。《楚辭》作家對山水景物的描寫，較詩經更加細膩精致，逐步呈現了山水風景的全貌，其模山範水之技巧也超越了詩經，然山水景物仍是作品中陪襯、附屬的賓位，而非詩人描寫歌詠的主要對象。詩人創作的目的在於抒情寫志，由於作者主觀意識的投入或情緒之干擾，山水都已失去了本來面目。至於漢賦中的山水景物，已有從陪襯附屬的賓位走向主位的趨勢。但賦家通常是藉狀景寫物，以達其諷喻勸誡、或以炫耀辭章、或以馳騁才智為目的、且大部分漢賦中的山水景物，是作者憑想像發揮經由學識架構而成的，不僅沒有「真人」、「實事」、「實景」之基礎，也缺乏作者個人的情感與關懷。

　　因此，儘管山水景物在這些詩中出現，但這些詩篇仍稱不上是「山水詩」。不過，由於《詩經》、《楚辭》、漢賦逐步演進的山水觀（對待自然景物的態度），已隱然為後世山水詩人模山範水的藝術技巧奠定了基礎，才能形成日後成熟的山水詩，所以若探索中國山水詩的淵源，必須從《詩經》、《楚辭》、漢賦著手〔註1〕。所謂「因枝以振葉，

─────────────────────

〔註1〕參見王國瓔《中國山水詩研究》第一部分壹、中國山水詩的淵源─

沿波而討源」，這種源流的追溯，是很有必要的。

第一節　定　義

　　構成山水詩的首要條件，山水景物必須是詩人歌詠、審美的主要對象，山水的描寫在全詩中需佔相當的份量；其次是作者親歷「現景」的空間條件，不論作者是當下成詩或事後憑記憶組織寫成〔註2〕。在此前提下，所謂的山水詩就是以描寫自然山水爲對象、或摹寫與山水緊密聯繫的自然景觀和人文景觀爲主的詩歌〔註3〕。

　　山水詩以山水爲主要描寫對象，這只是一般性原則，而不是說山水詩裡的自然景物只能純是山與水。其實詩中的山水並不局限於叢山峻嶺、荒山僻野，縱然是經過人工點綴的風景區或宮苑、園林、城市所籠蓋的山水，只要是寫出了一個比較寬闊的天地，以表現山水之美爲主導的，都可視爲山水詩〔註4〕。

　　山水詩標準雖如此，但由於詩歌表現題材的複雜，仍有擇取上的困難，如山水詩與田園的界線有時極難劃分。田園詩以描寫田園爲詩歌主題，題材包括農村田野的景色、農民的生活及感受等，不論作者是躬耕自適的親身經驗者，或旁觀的代言記錄者，只要詩的主題、內容觸及田園範圍，都可算是田園詩〔註5〕。然而唐以後山水詩與田園

　　　—先秦至兩漢，聯經出版事業公司，民國77年4月。

〔註2〕蔡振璋〈點景生情——試論山水文學義界〉：「作家如果未曾親歷其境，縱然案前構出一幅山水，宛如仙景佳境，依然僅是一片空靈虛幻之境，而這種作品是被摒棄於山水文學的門檻外。故親歷『現景』的空間條件，乃成爲山水文學的先決條件。」《東海文藝季刊》第十五期，民國74年3月。誠然，是以漢賦中雖有廣闊詳細的山水刻劃，題畫詠畫詩中縱有幽美的山水描繪，皆不能視爲山水詩。

〔註3〕採陶文鵬、韋鳳娟〈山水詩概述〉之說。收錄在《中國古代山水詩鑒賞辭典》附錄中。

〔註4〕從六朝至宋代，詩中的山水正是由荒山僻野逐步走向鬧市山水。

〔註5〕參考洪順隆〈田園詩論（一）〉《華學月刊》第一〇一期，民國69年5月。

詩逐漸合流，一首詩裡有時山水風光與田園景緻交相並現，實難判別歸類。對於這類作品，處理態度是描繪山水景物較多的算山水詩，相反則歸爲田園詩。如誠齋《詩集》卷三十二〈過謝家灣〉、〈早炊高店〉〔註6〕，雖詩中有牛蹊、兔逕、白鷺、牧童、雞犬等農家景物，不過這些景物在全詩中只是陪襯點綴的角色，籠蓋在山水風光所展現的廣闊的立體空間裏，因此本論文視爲山水詩。

　　就思想內容而言，除了單純寫山水之美外（當然詩中所呈現出的客觀景物，實已飽含了作者的審美情趣，只是若隱若現，思想情感並不突顯罷了。）歷來的山水詩人往往在詩中寄託感慨，或表現憂國憂民的情操，或宣洩抑鬱不得志的情緒，或寄寓弔古傷今的悲情‥‥隱然將自然景物與詩人的情志相結合。而後一類的山水詩數特多，單純寫山水之美的數是較少。

　　由以上論述，筆者爲山水詩下的定義是：詩人描寫其親歷的自然山水，或與山水緊繫的自然景觀、人文景觀，並借以抒發個人情感、寄託高遠襟抱的詩歌，皆謂之「山水詩」。

第二節　宋以前山水詩之特色

　　中國山水詩，是從第三世紀後半期（約當東晉末年），開始逐漸出現在詩人的作品中，而於南朝劉宋時正式確立其爲一「文類」的地位，並成爲當時詩歌之主流〔註7〕。此後隨著當時的社會政治、文學

〔註6〕　〈過謝家灣〉：「行盡牛蹊兔逕中，忽逢平野四連空。意隨白鷺一雙去，眼過青山千萬重。近嶺已看看遠嶺，連峰不愛愛孤峰。一丘一岳知何意，疎盡官人著牧童。」〈早炊高店〉：「過雨溪山十倍明，乍晴風日一番清。白鷗池沼菰蒲影，紅棗村墟雞犬聲。肉食坐曹良愧死，囊衣行部亦勞生。不堪有七今成九，僦父年來老更儜。」

〔註7〕　見王國瓔《中國山水詩研究》頁10；胡念貽〈論山水詩的形成和發展〉一文，以爲魏晉時出現曹操〈觀滄海〉、曹丕的〈于玄武陂作〉、陸機〈赴洛二首〉和〈赴洛道中作二首〉之類詩，山水詩雖未大量出現，但它已形成了，並標舉晉宋之間爲山水詩第一個發展時期。見《關於文學遺產的批判繼承問題》，岳麓書社1980年1月。袁行

環境、創作風氣之改變，以及詩歌本身的逐步發展，不同時代自有不同典型的山水詩〔註8〕。

　　山水詩的興起與魏晉以來的政治黑暗、社會紊亂不無關連。陰暗冰寒的時代裡，儒家思想無法穩定不安的情緒和飄泊的心靈，那些面對政治傾軋、篡奪頻仍的知識份子，唯有藉助老莊思想以安身以命，而老莊玄風的盛行則推動了山水詩的產生。「由於和老、莊玄風連帶發生的，是對政治社會的疏離，以及對個人生命和精神的珍視，因此嚮往神仙、企慕隱逸和怡情山水便成為魏、晉知識分子之間最普遍的情懷，而遠離俗世塵縛的自然山水，就是在求仙、隱逸與遊覽的風氣中，獲得了其獨特的地位，才成為詩人觀賞和吟詠的對象。」〔註9〕是以初期的山水詩玄風熾烈，有濃厚的玄言詩色彩。

　　經過魏晉時代的醞釀，山水詩於南北朝時代大量出現，著名的山水詩人有謝靈運、鮑照、謝朓、何遜、陰鏗等。此時期的山水詩思想內容與氣象境界上仍有局限性，多是個人苦悶心靈的抒發──

　　　霈《中國詩歌藝術研究》頁 373：「在中國古典歌詩裡，很早就有山水風景的描寫了，但山水詩的產生卻晚在南朝晉宋之際」。五南圖書出版公司，民國 78 年 5 月；余冠英主編《中國古代山水詩鑒賞辭典》第一首即選曹操〈觀滄海〉，此乃圖形寫說貌以山水為主要歌詠對象，是中國第一首成熟的山水詩。
　　　至於山水詩產生的原因，討論者眾多，王國瓔以魏晉時代道家思想的中興為出發點，通過求仙、隱逸與遊覽三條主要線索剖析，可參閱其《中國山水詩研究》；林天祥《范成大山水田園詩研究》第三章第一節「山水詩如何形成於魏晉」，探討頗周延，成功大學歷史語言研究所碩士論文，民國 80 年 6 月。

〔註8〕林文月〈中或山水詩的特質〉一文，以南朝宋齊幾個代表詩人的山水詩為限，探討山水詩之特質，此作法失之偏頗。誠如蔡振璋所云：「文學的本身要求『推陳出新』，這是千古不變的法則。因此一種文學，一代自有一代的風格，就是同屬一支流派或同一類型的作品亦然。所以山水文學，南朝自有南朝初創的風格，唐代自有唐代轉變的作風。我們實在沒有理由要求唐代作家陳陳相因，停留在前人的腳步底下。因為一種文學如果不再有創新的手法，我們可以宣告這種文學已經死亡。」（〈點景生情──試論山水文學義界〉）。

〔註9〕見王國瓔《中國山水詩研究》頁 79。

或企圖藉登臨賞景悟理以解懷忘憂，或表現仕宦生涯挫折的逃避，或爲遊子的離愁思鄉等〔註10〕，篇章結構多爲記遊→寫景→興情→悟理的模式〔註11〕，所悟之理則爲老莊名理。至於技巧表現上受時代風尙使然〔註12〕，追求「巧構形似」〔註13〕，多用五言偶句排比，詞藻鮮豔、刻畫滿眼，體式風格過於單一、纖巧，山水形象缺乏神韻不夠鮮明，而作家個人的色彩也不突顯。儘管如此，由於魏晉南北朝詩人的努力與奠基，後世山水詩才能日臻完美純熟。

　　和六朝山水詩相比，唐代山水詩呈現著蓬勃發展的全新面貌。山水詩得以在唐代昌盛拓展，除了廣收博採前代詩歌文學的菁華，繼承

〔註10〕　這是就南北朝山水詩思想内容上普遍的表現而言。此外，也有一些純粹呈現山水之美和遊賞之樂、與宮廷遊宴同調的山水詩，後者多堆垛華麗辭藻聯串美麗景物，形式上美則美矣，卻缺乏内在的生命，自然格局亦是狹窄不開闊。李文初等著《中國山水詩史》頁61～64；王國瓔《中國山水詩研究》頁 218～254 對此類山水詩有詳盡的分析，可參考。

〔註11〕　見王國瓔《中國山水詩研究》頁 151～178 之舉例分析。

〔註12〕　南北朝時代由於文學觀念的日漸明確、文學理論的深入研究，以及君主貴族之喜好與提倡，文學深受重視而能逞飛躍發展之勢。然因魏晉以降儒學衰微，文人們已漸忽略内容的言之有物，徒講究字句形式之美，南朝齊代聲律說興起後，又延續晉代以來盛行的辭藻雕琢之風，更助長文學趨於片面講究形式技巧的唯美風尙。此可參閱劉大杰《中國文學發展史》第十章〈南北朝的文學趨勢〉，華正書局，75 年 6 月。葉慶炳《中國文學史》第十一講〈南朝文學環境〉，學生書局 76 年 8 月。

〔註13〕　「巧構形似」一詞，見於鍾嶸《詩品》評張協詩爲「巧構形似之言」。《文心雕龍‧物色》論之極詳，云：「自近代以來，文貴形似，窺情風景之上，鑽貌草木之中。吟詠所發，志惟深遠，體物爲妙，功在密附。故巧言切狀，如印之印泥，不加雕削，而曲寫毫芥。故能瞻言而見貌，印字而知時也。」可見當時「文貴相似」之盛。這種藝術表現只是在模山範水、辭藻華豔上下功夫，逼眞地表現出客觀物象的形貌而已，相對地忽略了反映藝術創作對象的本質特徵，山水形象缺乏神韻。關於六朝「巧構形似」之言的表現，可詳見王文進《論六朝詩中巧構形似之言》，臺灣師範大學國文研究所集刊第二十三號，民國 68 年 6 月、廖蔚卿《從文學現象與文學思想的關係談六朝巧構形似之言的詩》，中國古典文學論叢第一冊。

六朝山水詩的表現技巧，並加以提煉創新之文學本身發展的內因外，
政治上大一統的局面、思想上的兼容並蓄，以及文化的全面繁榮等外
緣因素交互激盪，是促進山水詩攀上藝術顛峰的催化劑〔註14〕。

　　唐代山水詩的思想內容與氣象境界高遠開闊，無疑地受蓬勃向
上、熱情進取的時代精神所薰陶，充滿民族的自豪感與自信心，散發
濃烈的浪漫色彩。「詩人們從側重觀賞山水自然形態變爲表現時代精
神、表現詩人自我」〔註15〕，著名如王維所表現空寂自適之禪境，李

〔註14〕 李文初等著《中國山水詩史》中，分析山水詩繁盛于唐代的原因有四
　　　　端，簡述如下：（一）時代政治的促進作用，唐王朝的統一穩定及強
　　　　大的經濟實力，自有益於文教事業的興旺，而詩賦應試的創舉，直接
　　　　鼓舞了出身寒門的知識分子，積極從事詩歌創作。爲了躋身政壇而離
　　　　鄉奔走四方，或赴考應試、干謁交游，或調遣升遷、出塞走邊……，
　　　　種種與仕宦有關之行旅、漫游，爲詩人遊賞山水提供了方便。（二）
　　　　統一的多彩多姿的神州大地的自然環境、氣象萬千的山川景致，與星
　　　　羅棋布的古跡名勝交相輝映，這是唐代山水詩人取之不盡，用之不竭
　　　　的創作源泉。（三）唐王朝對各學說採取寬容的態度，使諸教鼎足而
　　　　立，儒、釋、道相資互補，不知覺地滲入人們的審美意識中，詩人在
　　　　觀照自然中觸類旁通，模範山水外形之餘，也捕捉山水的神韻，並塑
　　　　造幽深的意境，深化山水詩的哲學內涵，提高美學層次。（四）唐文
　　　　化的全面繁榮，各種不同形式的藝術（尤其音樂、繪畫）彼此滲透滋
　　　　養，對提高山水詩的表現技巧，有啓發、促進的作用，如王維將繪畫
　　　　的經驗用于山水詩的創作中，獲得「詩中有畫」的美譽。詳見《中國
　　　　山水詩史》頁67～71，廣東高等教育出版社，1991年5月。
〔註15〕 引自陶文鵬、韋鳳娟〈山水詩概述〉，見《中國古代山水詩鑑賞辭典》
　　　　附錄頁24。吾人可以由中國文人自然觀的演進此一角度，來解釋這
　　　　種現象。蓋六朝詩人爲逃避黑暗的政治與紊亂的社會，而躲入山林、
　　　　縱情山水，對他們而言，自然是遠離現實人生，寄託精神之所，是
　　　　與人對立的外在世界。此種自然觀導伇六朝詩人往往注重客觀地描
　　　　繪自然山水。唐王朝的統一穩定，使文人普遍有著進取向上的積極
　　　　精神，山水不再只是心靈的避難所。復因禪學盛行，「法元在世間」，
　　　　清靜無念之心足以消去世上紛擾，一門一戶足以從精神上隔絕人
　　　　世，自然觀向內心世界轉化，詩人注意到自然與人的連繫，並重視
　　　　自我的表現。此處解說的觀念依據顧彬著、馬樹德譯《中國文人的
　　　　自然觀》，上海人民出版社1990年1月，並曾參考蕭馳《中國詩歌
　　　　美學‧自然境界中自我的泛化與發現》，北京大學出版社1986年11
　　　　月。

白奔騰無拘之氣勢，社甫入世淑世的襟抱〔註16〕，岑參、高適展現軍旅征戍、英雄懷抱的邊塞風情……，從初唐到晚唐，各時期不斷湧現傑出的山水詩人在模山範水、抒發自我中，也結合社會人生，反映時代、關懷家國，其思想內容之豐富難以道盡。

在技巧表現上，唐代的山水詩人不再如南北朝詩人瑣碎地刻畫山水各部分的形貌，而是觀察大自然的各種形象、色彩、動態、聲息，捕捉其特徵、把握其個性，成功地傳達出山水的神韻。此外，詩人嘗試以畫法為借鏡，對景物的動靜、大小、近遠、色彩，以至於整體的空間布局、線條結構、畫面經營等，都作了創作性的探索。國畫中的散點透視與三遠法被應用在山水詩裡，唐代的詩人「已超越了六朝詩人局限于從個人視角寫目接之景的局限」〔註17〕，打破時空的限制，用心靈流動轉折的眼睛來看空間萬象，並以其對自然的理解和情感來組織畫面、結構空間，深具藝術概括力與典型化。這樣表現出來的山水詩，呈現給讀者的是立體的山水世界與渾然一體的氣象，於是詩中的山水形象從六朝時的纖巧變為雄壯。不同於南北朝山水詩的情景分敘，唐代山水詩人們將外在客觀存在的山水形象，和內在主觀的思想情感結合起來，使主客體和諧統一，達到情景交融的境界。由於詩體的完備成熟，詩人們正好運用各種形式的詩體來描繪山水，語言或清麗典雅、或通俗明白、或奇崛險怪，加上意象塑造的殊異、技法的獨特，詩人筆下的山水形象各有特色，而風格也就異彩紛呈。山水詩發展至唐代，可謂已達顛峰。

大致而言，魏晉山水詩在技巧表現上，傾向講究山水形貌逼眞肖似的刻畫，篇章結構大多遵循著固定的模式，內容思想偏狹，作家個人的風格不明顯，是爲山水詩的草創期。唐代山水詩在技巧表現上已走向「以形寫神」〔註18〕，捕捉山水神韻，注意藝術典型的概括，及

〔註16〕採林祥《范成大山水田園詩研究》頁55之語。
〔註17〕同註8，頁25。
〔註18〕形神關係問題，是中國古代探討藝術形象塑造的美學論題之一。就

畫面整體的經營。詩人運用各種詩歌體裁及擅長的表現手法，抒寫上
富的內容思想，形成風格異彩紛呈的局面。

第三節　宋代山水詩之特色

　　繼唐詩之後，宋詩爲中國詩史上另一個高峰。儘管唐詩不論在內
容或藝術風格上，都有極輝煌的成就，宋詩卻能在唐詩登峰造極之
外，別闢蹊徑，發展唐詩未開拓的園地，創造與唐詩迥異的藝術特色，
就山水詩的領域而言，情形亦復如是。

　　在題材表現方面，宋代山水詩人比前代詩人要更深入日常生活中
蒐集素材，他們從周遭隨處可見的自然景物和生活中發現詩意與美
感，把自然山水與平淡的生活情事緊密結合，寫出山水親切近人、生
活化的一面（註19），也因爲如此，宋代山水詩比前代，更多描繪自然

　　詩歌創作而言，所謂「以形寫神」，係指詩人抓住對事物的「形」中，
　　能鮮明反映其本質特徵的現象，通過對它的生動描寫，來形象地表
　　現事物的本質特徵。關於形神論的討論，可參見張少康《中國古代
　　文學創作論》頁 158～175，（北京大學出版社，1983 年 12 月）；曾
　　祖蔭《中國古代文藝美學範疇‧形神論》，（文津出版社，民國 76 年
　　8 月）。

〔註19〕　吉川幸次郎《宋詩概説》：「從前詩人加以忽略或視而不見的日常瑣
　　務，或者，雖非故意忽略，只因爲司空見慣，被認爲過於普通平常
　　而不能入詩的身邊雜事，宋人卻大量地積極用作詩的題材。結果，
　　要是與從前的詩作一比較，宋詩就顯得更加接近日常生活。」（頁
　　18，聯經出版事業公司，民國 77 年 9 月）。山水詩是詩歌的一部分，
　　情形也是如此。韋鳳娟、陶文鵬〈山水詩概述〉云：「唐代的詩人們
　　更多地是在攀涉奇山異水中、在富於浪漫情調的生活和想像、幻想
　　中表現詩意美；宋人則力求在普通的山林村野和平淡無奇的生活景
　　象中發現詩意美。」（《中國古代山水詩鑒賞辭典》附錄頁 37）這種
　　文學現象至南宋更明顯。程杰〈論范成大以筆記爲記——兼及宋詩
　　的一個藝術傾向〉一文指出，因國勢的長期積弱，使士大夫日益
　　萎靡戀安，在這種心理作用下，自然詩歌的表現主題從軍國大事撤
　　入日常生活。南京師大學報，1989 年第四期。（參見本論文第四章
　　第一節）。此外，筆者以爲宋代理學盛行，使知識分子較能篤實地安
　　於現實生活，則身邊周遭的自然景色已爲生活中的一部分，調劑生

小景的小品。另一方面，亦因此使得山水詩發展至宋代，與田園詩合流的情形更加明顯。蓋六朝山水詩人筆下的山水，泰半是刻意尋幽訪勝的遠僻山林，而田園詩人則多為歸田隱逸者，兩者取材的範圍並不重疊，山水與田園大致是涇渭分明；唐代由於隱逸風氣的盛行，及對陶淵明的追慕，有些詩人筆下的山水詩，往往含蘊著「田園情趣」——詩中不一定有田園風光與農家事項，卻充滿「牧歌式」恬淡、自適的意趣〔註20〕，這種山水與田園情趣的合流是意境上的融合；宋代除了繼承唐代的融合模式外，更因生活態度的世俗化與審美視野的寬廣，導致題材廣泛複雜〔註21〕，難免山水與田園的範圍有疊合之處，這是題材上的融合。試看：

> 徑暖草如積，山晴花更繁。縱橫一川水，高下數家村。靜憩雞鳴午，荒尋犬吠昏。歸來向人說，疑是武凌源。（王安石〈即事〉）

> 露侵駝褐曉寒輕，星斗闌干分外明。寂寞小橋和夢過，稻田深處草蟲鳴。（陳與義〈早行〉）

在山水的廣闊空間裡出現田園景色與農家事物，尤其〈即事〉一首，山水風光與田園景緻平分秋色、份量相當，實難判別歸類。這種種情形在宋代山水詩中可謂俯拾即是。

嚴羽在《滄浪詩話》中說宋詩「以議論為詩」，就山水詩創作領域的內容表現而言，亦有此趨向〔註22〕。不過宋代山水詩中所表現的

活之餘，也援之入詩。而莫礪鋒〈論宋詩的以俗為雅及其文化背景〉一文，也以文化的角度來解釋宋詩題材何以多來自平凡、瑣屑的日常生活（「以俗為雅」的內涵之一），其意禪宗思想使宋代士人的生活態度世俗化了，「和光同塵」、「與俗俯仰」、「隨遇而安」的結果，是能以更寬廣的審美視野和更敏銳的審美趣味去審視世界。（1991年8月國際宋代文化研究研討會論文）這些論點是可以並行不悖、相互補充的。

〔註20〕 見王國瓔《中國山水詩研究》頁255。

〔註21〕 參見註19。

〔註22〕 林天祥《范成大山水田園詩研究》頁135分析宋詩尚理的原因，以為宋代制科重視策論、佛道禪學的盛行、理學的談論等，形成整個

「理」，有別於六朝某些「理過其辭」、「淡乎寡味」的玄言山水詩，宋人善於在描繪山水形象的同時，闡發人生哲理或事物之理，結合著藝術形象的「理」，更加深詩歌的思想性，有理趣而無理障，頗合沈德潛所謂「議論須帶情韻以行」之要求。著名的例子如：

> 橫看成嶺側成峰，遠近高低各不同。不識廬山眞面目，只
> 緣身在此山中。（蘇軾〈題西林壁〉）

> 莫言下嶺便無難，賺得行人錯喜歡。政入萬山圍子裡，一
> 山放出一山攔。（楊萬里〈過松源晨炊漆公店〉六首其五）

這兩首山水詩雖描寫山嶺的錯綜連綿，實也揭示「當局者迷，旁觀者清」的道理，以藉登山下山的感受，說明人往往會錯誤判斷事物，暗示人生的難易，是寓理於景，借景闡理。

在技巧表現方面，宋代山水詩最大的特色爲詩歌的散文化（註23）。宋以前（特別是各種詩體大備，律詩成熟的唐代），詩歌語言的表現特徵，是意象的密集化與語序的省略錯綜，著名如「明月松間照，清泉石上流」（王維〈山居秋暝〉）、「楚江微雨裡，建業暮鐘時」（韋應物〈賦得暮雨送李冑〉）、「雞聲茅店月、人跡板橋霜」（溫庭筠〈商山早行〉）之類句式，這種用形象思維的表現方式，大多羅列名詞或顛倒語序，是不符散文語法的（註24）。宋以前詩，雖有精煉、含蓄、曲折的效果，但不適合用之敷陳說理。宋代詩人既好議論，且善於在詩中抒發議論，勢必會選擇語序自然、意脈貫通的直說方式——散文

時代社會重思辨析理的思潮，在這種思潮下，無疑會影響到宋詩的內容與表現方式。所論值得參考。

〔註23〕事實上，這是宋詩的特色。參見葉慶炳《中國文學史》下冊 105、劉大杰《中國文學發展史》頁 688、吉川幸次郎《宋詩概說》頁 11。

〔註24〕關於古典詩歌語言的特徵，梅祖麟〈文法與詩中的模稜〉（見《中央研究院歷史語言研究所集刊》第三十九本，1969 本）、王國瓔《中國山水詩研究》、葛兆光〈從宋詩到白話詩〉（《文學評論》1990 年 4月），均有深入探討，可參看。另外，要説明的是，宋以前詩歌語言多爲意象密集化與語序省略錯綜的「律化」句型，宋詩則多散文化句型，此乃一種比較趨向，而不是説宋以前的詩歌就絕對無散文化句型出現，宋代詩人就全以散文語言寫詩。

語言，以利自如地表達生活內容、闡述人生哲理與事物之理〔註25〕，
誠如吳喬《圍鑪詩話》所云：

> 宋人作詩，欲人人知其意，故多直達。

雖然形象思維宜於曲說，而抽象思維利於直說，是一般性原則，兩者
絕非截然對立的，但是無疑地，以散文語言寫詩，使藝術技巧表現增
加了新的方法，打破以往的常規，富於創造性，對於形成宋詩的一代
特色，未嘗沒有好處。試看：

> 我家江水初發源，宦游直送江入海。聞道潮頭一丈高，天
> 寒尚有沙痕在。中冷南畔石盤陀，古來出沒隨波濤。試登
> 絕頂望鄉國，江南江北青山多。羈愁畏晚尋歸楫，山僧苦
> 留看落日。微風萬頃靴紋細，斷霞半空魚尾赤。是時江月
> 初生魄，二更月落天深黑。江心似有炬火明，飛焰照山棲
> 鳥驚。悵然歸臥心莫識，非鬼非人竟何物。江山如此不歸
> 山，江神見怪驚我頑。我謝江神豈得已，有田不歸如江水。
>
> （蘇軾〈游金山寺〉）

〔註25〕宋詩以「以議論為詩」有其政治上、思想上的背景（見註 22）；宋
詩「以文為詩」，前人已指出這是濫觴於杜甫、韓愈，而大成於宋代
詩人的一種詩歌語言的革新潮流，成為宋詩的獨特面目，如劉辰翁
《須溪集》卷六〈趙仲仁詩序〉：「文人兼詩，詩不兼文也。杜雖詩
翁，散語可見。惟韓、蘇傾竭變化，如雷震河漢，可驚可快，必無
復可憾者，蓋以其文人之詩也。」趙翼《甌北詩話》卷五：「以文為
詩，自昌黎始，至東坡益大放厥詞，別開生面，成一代之大觀。」
葉燮《原詩》內篇：「韓愈為唐詩之一大變，其力大，其思雄，崛起
特為鼻祖。宋之蘇、梅、歐、蘇、王、黃，皆愈為之發其端，可謂
極盛。」
不過「以議論為詩」、「以文為詩」雖各有其背景因素衝激促成，但
兩者之間是存在某種關連的，而非互不相干各自發展的兩條平行
線。程千帆〈韓愈以文為詩說〉一文，從「以文為詩」所涉及的範
圍之一──「以古文中常見的議論入詩」（另一方面是「以古文的章
法、句法為詩」）的角度，解釋兩者的關連性，說法值得參考，本文
此處即採程氏之說，見古代文學理論研究叢刊，第一輯。又吉川幸
次郎《宋詩概說》亦云：「由於宋人喜歡敘述和說理，他們往往有意
迴避格律嚴整的律詩絕句，或甚至於有愛用韻律比較自由的古詩的
傾向。」因為古詩語言是比較接近散文語言的。

海頭初出海門山，千里平沙轉面間。猶有江神憐北客，欲
將奇觀破衰顏。江水悠悠自在流，向人無恨不應愁。相逢
不覺渾相似，誰使清波早白頭。(陳師道〈十七日觀潮〉二首)

此三首詩形象思維的表現方式與抽象思維的直達方式混用，不過詩中
的句子大多有主詞、虛詞介入，語序正常流動，接近散文語言，不像
唐詩，大量使用修辭學上之「節縮」、「凝煉」法，尤其〈游金山寺〉
一首簡直像一篇韻文。

綜合上述，宋代山水詩發展前代未曾開拓的園地，迥異於唐代的
高遠華闊。《白石道人詩說》所謂「人所易言，我寡言之；人所難言，
我易言之。」誠齋所謂「傳派傳宗我替羞，作家各自一風流」，正是
宋詩之特色，宋代山水詩由於取材的生活化、語言的散文化、情感思
想內斂深邃，普遍追求理趣的結果，將山水詩帶入平淡雋永的境界。

本章明確山水詩的定義，以作爲選取誠齋山水詩的標準；通過各
時期山水詩特色的介紹，透露出中國山水詩流變的過程，期使對山水
詩有較完整的概念。至於「宋代山水詩的特色」一節，則可和誠齋山
水詩的「內容分析」、「藝術主體表現」兩章相互照應，以見誠齋反映
時代風尚之處或自出機杼之一面。

第四章　誠齋詩與宋代文化背景

　　文藝作品是作家生命的寫照，評析研究者不能抽離作者的個人資料，將它懸浮在空中，空談作品；文學同時又是社會生活的反映，沒有一個作家能游離於時代背景之外。因此，在論述誠齋之生平與詩歌後，本章企圖通過誠齋當代的政經文風，與其思想等外緣內因相結合之考察，探討誠齋山水詩風轉變的過程，並爲自出機杼後的山水詩的面貌，找出形成的主因。

第一節　南宋政經概況與誠齋山水詩之反映

　　誠齋生於北宋欽宗靖康二年（西元 1127 年），時當金軍南侵，攻入開封，徽、欽二帝被虜。五月，康王趙構即位南京，改元建炎，是爲高宗，南宋從此始。其後十餘年，宋、金戰事不斷，直至紹興十二年（西元 1142 年）三月，雙方簽訂「紹興和議」，劃定東以淮水中流，西以大散關（今陝西省寶雞縣）爲界，宋奉表稱臣於金，受金冊封爲帝，歲貢銀、絹各二十五萬兩、疋於金，南北從此休兵十九年。其間，朝廷主戰主和雖鬥爭激烈，但高宗久歷憂患，心頗厭戰，主和派得以佔上風，故秦檜獨攬相位十七年。

　　紹興三十二年，高宗禪位，太子眘即位，是爲孝宗，昭雪岳飛，任命張浚爲樞密使，力圖北伐。由於將帥失和，北伐先勝後敗，復議

和，簽訂「隆興和議」，對金的關係雖略有改善，但仍是個屈辱的和約。此次北伐，事前既無長期而務實的準備工作，又無雄厚的國力基礎為後盾，在誠齋看來，實在是個輕率的舉動〔註1〕。誠齋對金的基本思想主戰，然衡諸形勢，主張退而求其次——防守，其〈千慮策〉所論，可見一斑〔註2〕。這是一種慎重的方針〔註3〕，無怪乎後來開禧北伐，誠齋極力反對，他深知韓侂胄意存僥倖，輕舉妄動，必然給國家帶來巨大的禍害〔註4〕，後來果然不出所料。

〔註1〕《詩集》卷一〈讀罪己詔〉：「莫讀《輪臺詔》，令人淚點垂。天乎容此虜？帝者渴非羆。何罪良家子？知他大將誰。顧懲危度口，倘復雁門踦。」（三首其一）「亂起吾降日，吾將強仕年。中原仍夢裡，南紀且愁邊。陛下非常主，群公莫自賢。金臺尚未築，乃至羨強燕。」（三首其二）。輪臺詔，漢武帝晚年後悔開邊擴張，遂下哀痛詔放棄輪臺，此指孝宗所下的罪己詔。虜，指金人。羆，指賢良的輔佐。知他大將誰？是批評造成符離之潰的前線將領邵宏淵、李顯忠。危度口，東漢光武帝劉秀起兵過程中，曾在危度口處境狼狽，幾遭覆滅；指影射高宗趙構也曾為金兵所追而狼狽至極。雁門踦，西漢段會宗曾為西城都護，徙為雁門太守，數年，坐法免官，後復為西域都護，又建功勛；踦，命運不佳遭遇挫折。金臺，戰國時燕昭王築黃金臺招納賢才，國力強大，破齊報怨。第一首表示希望朝野鑒於往日的教訓，力圖振作，使國勢得以扭轉。第二首作者以深沈的口吻，提出見解，希望孝宗能任用賢能之士，為復國大業做長期而實在的準備工作。說參周孝啟成《楊萬里和誠齋體》頁13～14。

〔註2〕〈千慮策〉云：「為今之計，和不如戰，戰不如守。和則懈，戰則力，故日和不如戰；戰則殆，守則全，故日戰不如守……天之於我國家，蓋必有時矣。可以俟，不可以躁。……臣願朝廷盡人事以周其待，待其來而決其策，不以小利而輕試吾之大技，不以小鈍而息吾之大計，則中興之全功不在今日而在何日耶？」（《誠齋集》卷八十七，〈千慮策·國勢〉）。

〔註3〕關於誠齋的政治主張與軍事思想，主要見於〈千慮策〉。參考陳義成《楊萬里研究》第二篇第四章附錄——千慮策之政治主張。文化大學中國文學研究所博士論文民國71年12月；歐陽炯〈楊萬里之思想、性情、德行與功業〉中華復興月刊十七卷二期民國73年2月；周啟成《楊萬里和誠齋體》頁30等，均有詳細的論述。

〔註4〕《齊東野語》卷11鄧友龍條：「鄧友龍，長沙人，嘗從張南軒游，自詭道學。既登朝，時論方攻偽學，因諱而晦其事。……會友龍為右史，……出為淮南漕，日夕謀復入。時金人方困於北兵，國歲荐

　　隨著時移勢遷，士大夫在南渡初期曾有的激烈的民族情緒，和深刻的亡國之恥，日漸沈澱磨滅。同北宋一樣，怯外懼戰、苟且戀安，是南宋士大夫普遍的心理，即使有人想振作，也難敵朝野輿論的打擊與壓力。宋代行政制度高度中央集權，軍事佈署內重外輕，終南宋之亡，國勢積弱不振，這樣的政局造成宋代士大夫輕外重內、輕事功重道德、內斂保守的思想性格，形成一股社會思潮。由於版圖縮小，南宋氣象更不如北宋，在慘淡國勢與萎靡心理作用下，反映在詩歌方面，可以看到有更多的日常生活細節與便捷的生活感受，作為詩歌美學主題〔註5〕。誠齋山水詩的內容以描寫旅途紀行、閑居雜感和公餘休閒為多，是有他的時代背景的。而其山水詩中表現感憤國事、諷議時政的一面，也自然是國勢政局的反映。

　　由於國勢積弱，宋代經濟大多耗於兵費與外患。此外，宋郊祀費之浩大、制祿之厚、恩蔭之濫、恩賞之重，冗官冗員之多，皆前代所無，是以國家財政支出激增。且時代愈後，支出愈大，而苛雜之稅亦愈增愈多。南宋以還，財政依然紊亂，所謂經制錢、總制錢、月椿錢，和賈折帛錢，名目尤多。南宋地較北宋為狹，而稅收在孝宗淳熙年間達六千五百三十餘萬緡，與北宋最高稅額六千餘萬緡相

　　　饑，於是沿邊不逞之徒號為跳河子者，時將剽獵事狀，陳說利害。友龍得之，以為奇貨，於是獻之於韓。韓用事久，思釣奇功以自蓋，得之大喜。附而和者雖不一，其端實友龍發之也。」

〔註5〕馬積高〈宋代士大夫的生活、思想風貌與理學文學〉一文，從軍事佈署、行政制度、中央控制士大夫的方式等三個角度，來分析宋代士大夫保守內斂的生活、思想風貌，併在此條件基礎下，進一步說明理學與文學上崇尚說理或理趣的特點，十分精闢。載《湖南師大社會科學學報、1988 年五期。程杰〈論范成大以筆記為詩——兼及宋詩的一個藝術傾向〉一文，由「以文為詩」出發，探討南宋詩歌美學主題的深刻變遷，謂南宋詩壇道行寫景詩、田園風俗志述詩和閑居雜感詩蔚然成風，並指出南宋的偏安政局，士大夫心理深層的苟且冷漠、戀安和萎靡，為形成此種詩歌主題的主因，論述詳細。見《南京師大學報》1989 年四期。由於形成這些文學現象的背景原因極其複雜，且非本論文處理的範圍，恐佔太多篇幅，故逕引用其結論，目的在說明誠齋山水詩受當代思潮影響的層面。

當,可見南宋人民所受苛捐之痛苦〔註6〕。農業是宋代社會最主要的生產部門〔註7〕,而從宋代財政資料所反映的情形來看,田賦征收的稅率不算高,但農民的負擔卻沒有減輕。隨著土地兼併過程的進行,地主階級隱產漏稅,甚至把已入稅籍的那部土地所承擔的賦稅,轉嫁給善良畏法的農民。而破產的農民向豪門富紳出賣土地,常常不能隨產割稅,於是「但見逃絕之家日多,租稅之額日減,上下歎愁」〔註8〕。誠齋詩集有不少關懷農民疾苦的田園詩〔註9〕,充分反映此種現象,山水詩中的反映則不多,惟仍有一有些情感真摯、素質不錯的佳作。

第二節　禪宗思想與誠齋山水詩之表現

印度佛教東傳至中國,在唐代發展到高峰,揉合中國思想文化,開創中國化的佛學,「以宗教而兼有哲學之長」〔註10〕。林立的各宗派中,華嚴、天臺,和教外別傳的禪宗,是「真正由中國的心靈所灌溉而成長的純粹中國的佛學」〔註11〕;其中禪宗(特別是南宗禪)對

〔註6〕 參見方豪《宋史》第五章〈宋代之賦稅與財政〉中國文化大學出版部。民國77年12月。

〔註7〕 見朱瑞熙《宋代社會研究》頁3～10。弘文館出版社民國75年4月。

〔註8〕 引自《續文獻通考》田賦考卷一。關於此問題深入的分析與探討,可參考孔涇源〈關於宋代的田賦稅率和農民負擔問題〉(《中南民族學院學報》,1984年三期)。

〔註9〕 楊萬里田園詩如〈憫農〉,、〈農家歎〉(《詩集》卷二)、〈旱後郴寇又作〉(《詩集》卷三)、〈觀稼〉(《詩集》卷六)、〈插秧歌〉(《詩集》卷十三)、〈江山道中蠶麥大熟〉三首(《詩集》卷十三)、〈發孔鎮晨炊漆橋道中紀行〉十首其一及其五(《詩集》卷三十二)、〈雨後田間雜紀〉五首其三(《詩集》卷三十四)諸什,因非本論文研究之主題,故不細舉詳論。

〔註10〕 見梁啟超〈佛學時代〉,收錄在《中國哲學思想論集》第三冊,頁385,水牛出版社,民國77年2月。

〔註11〕 見吳怡《中國哲學發展史》第十七章〈佛教的傳入與隋唐佛學的風靡一代〉,三民書局,民國77年、4月。

中國的文學、藝術影響尤鉅。禪宗提倡通過瞬間直覺體驗本體佛性的心理過程（頓悟成佛），打破人們對語言文字的習慣性執著，表達方式簡練含蓄卻又活潑玄妙，是一種不假概念邏輯、非理性的思維活動。這種思維活動與其說是宗教的，不如說是審美的，影響了中國士大夫的藝術思維〔註12〕。經過唐五代禪宗與士大夫的相互滲透，到了宋代已然禪僧世俗化、文人僧侶化〔註13〕，在禪風熾烈的情況下，詩壇上以禪入詩、以禪參詩、以禪喻詩蔚為一代風氣，富有價值的詩歌理論及詩歌表現手法，大多脫胎於禪宗〔註14〕。誠齋論詩講透脫悟入，其詩歌創作憑恃的「活法」，正是受禪宗的影響。如：

> 學詩須透脫，信手自孤高。衣缽無千古，丘山只一毛。句中池有草，子外目俱蒿。可口端何似，霜螯略帶糟。
>
> 句法天難祕，工夫子但加。參時且柏樹，悟罷豈桃花。要共東西玉，其如南北涯。肯來談簡事，分坐白鷗沙。（〈和李天麟二首〉，《詩集》卷四）

誠齋以為學詩要能不執著不黏滯，不隨人作計，一空倚傍而自出機杼。更以參禪的過程比喻學詩的工夫，參究詩的句法須下極大的工

〔註12〕 葛兆光《禪宗與中國文化》第三章〈禪宗與中國士大夫的藝術思維〉，分析禪宗的思維方式具有以下特徵：非理性的直覺體驗、瞬間的頓悟、不可喻性、活參等（頁 166～170）。並指出禪宗思維方式積極的影響，更多的是在文學藝術方面，對中國士大夫的藝術思維如構思、欣賞、表達上影響甚鉅。里仁書局，民國76年、10月。

〔註13〕 參見葛兆光《禪宗與中國文化》第一章〈禪宗的興起及其與中國士大夫的交往〉。

〔註14〕 見周裕鍇〈禪宗與宋詩〉。其文分析宋代禪宗與詩歌的種種關係，值得參考。誠齋詩集裡有幾首與詩僧、禪師交往的詩作，如〈東寺詩僧照上人訪予於普明寺贈以詩〉（卷一）、〈送鄉僧德璘二首〉（卷六）、〈送鄉僧德璘監寺緣化結夏歸天童山〉二首（卷十九）、〈惠泉分茶示正孚長老〉（卷二十九）、〈宿廬山栖賢寺示如清長老〉、〈徧游廬山示萬杉長老大璡〉、〈題漱玉亭示開先長老師序〉、〈又跋東坡太白瀑布詩示開先序禪師〉（卷三十五）等。雖不能據此臆測誠齋與詩僧、禪師交情深淺，但禪宗對於詩歌理論及詩歌藝術表現的影響，已成當代詩壇上的一股思潮，無論個人是否接受佛教思想或禪化，至少在藝術層面上，總不免受其影響，帶著時代色彩的。

夫，一旦悟入則萬物皆了然於胸中，真正透脫妙悟的詩一如帶糟新蟹，味美而香醇〔註15〕。其論透脫若此，其參詩經驗更是禪味十足：

> 晚因子厚識淵明，早學蘇州得右丞。忽夢少陵談句法，勸
> 參庾信謁陰鏗。不分唐人與半山，無端橫欲割詩壇。半山
> 便遣能參透，猶有唐人是一關。受業初參且半山，終須投
> 換晚唐間。國風此去無多子，關捩挑來祇等閒〔註16〕。

以上詩作看似論詩，實際也正是誠齋自我學詩的經驗。詩中所謂「參」、「參透」、「關捩」，都是禪家話頭，誠齋「故作不了了語，也落禪家機鋒」〔註17〕。前兩首反映出李、杜、王、韋、柳，及晚唐異味〔註18〕為誠齋所鍾情，其學詩經驗可謂「轉益多師是我師」。第三首則道出他悟入的具體關鍵是學晚唐詩。最重要的是〈荊溪集自序〉中所說的〔註19〕，詳述他如何出入各家詩學，遭遇創作困境，而後隨遇機緣，瞬間一點即破地脫去「詩人之病」，進入「信手自孤高」的境界。文中「忽若有悟」的「忽」字，將「頓悟」之境清晰地勾畫出來。誠齋對前人詩歌廣泛學習師承與悉心體會的態度，正類禪宗所謂的「飽參」〔註20〕，其詩風之轉變雖有線索可尋〔註21〕，然開悟的剎

〔註15〕 參見張健〈楊萬里文學理論〉之解說《國立編譯館館刊》第九卷第一期，民國69年6月。又「妙悟」是宋人一般的觀念，龔鵬程《詩史本色與妙悟》：「參詩參禪是一種活動或工夫，參而一旦頓悟、一夕悟入，則悟是指境界。詩道惟在妙悟，是說作詩必須參，必須悟，才能掌握詩的本質。」（頁137），學生書局，民國75年4月。

〔註16〕 見《詩集》卷七〈書王右丞詩後〉、卷八〈讀唐人及半山詩〉、卷三十五〈答徐子材談絕句〉。

〔註17〕 引自郭紹虞《中國文學批評史》頁479，明倫出版社，民國60年10月。

〔註18〕 所謂「晚唐異味」，見本章第三節論述。

〔註19〕 引文見本章第三節引兩段。

〔註20〕 周裕鍇〈禪宗與宋詩〉指出，禪宗術語「飽參」意為多方參究禪理，爛熟于心，領略甚多。其義有二：一是「遍參」，指學習參究的廣度；二是「熟參」，指學習參究的深度。

〔註21〕 葛兆光《禪宗與中國文化》第三章〈禪宗與中國士大夫的藝術思維〉，曾引日人鈴木大拙之說，謂禪宗的瞬間頓悟有一些前提條件，大抵對禪宗終極目的不斷地思索，百思不得其解，因而產生一種迫切感

那，唯有誠齋自已能意會。

頓悟的誠齋，一任其活潑的心靈去感受大自然的美：

> 自此每過午，吏散庭空，即攜一便面，步後園、登古城，
> 採擷杞菊，攀翻花竹，萬象畢來，獻予詩材。蓋麾之不去，
> 前者未讒而後者已迫，渙然不覺作詩之難也。（〈荊溪集自序〉）

蓋已悟出自我，悟出「作家各自一風流」（〈跋徐恭仲省幹近詩〉三首其三《詩集》二十六）。他擅於觀照自然山水之際，把握瞬間的體驗與當下詩興湊泊的刹那，一任其靈活透脫的胸襟，與幽默詼諧的性情馳騁〔註22〕，運用不拘一格的語言，去表現大自然的靈動與諧趣。這種追求任運自然，儘情表露主觀情志，活潑而無拘礙的藝術表現方式，暗合禪宗「心如泉流」的觀念〔註23〕。佛教經論中，常把心識活動比喻為活動不息的波流，初期禪宗追求「清淨」、「無念」，以現實的一切為妄，否定諸識流動，必須截斷意識現流而「無念」，才能頓現清淨本性。到了南宗禪興盛的中唐時期，禪由趨靜的「無念」，發展為趨動的

與危機感，有了解脫自我的強烈願望，「許多矛盾種種的思考，種種不同情緒的持續鬥爭，使人在治絲愈紛的狀態下突然找到了矛盾解決的方法，從而心中形成了新的平衡。」（頁206）藝術上的頓悟亦如是！誠齋多年遍參前人詩學，不斷思索如何跳脫前人藩籬，表現自我，從模擬江西詩派到學晚唐詩，每一次的選擇都是一番蛻變，逐步建立起自己的風格。誠如傅義所云：「所謂『忽若有悟』，不過是由漸變達到的質變。」（〈楊萬里對江西詩派的繼承與變革〉《中國文學研究》1990年3月）關於誠齋詩風轉變的契機，參見本章第三節之論述。

〔註22〕關於誠齋的性情與胸襟，參見第二章之論述。

〔註23〕孫昌武〈明鏡與泉流——論南宗禪影響於詩的一個側面〉一文，以「心如明鏡」與「心如泉流」概括南宗禪影響詩歌創作的兩個觀念。其說，前者是「基於頓悟『自性清淨』，追求清靜『無念』，在詩中表現清淨自性的發現與復歸，這可以說是『靜』的方向」；後者是「基於對眾生自性的肯定，追求任運自然，在詩中則表現為主觀情志的表露與發揚，這可以相對地概括為『動』的方向」。竊意誠齋活潑而無所拘礙的藝術表現方式，正符合「心如泉流」的思想。本節此處解釋「心如泉流」，乃採孫氏之說。又「心如明鏡」與「心如泉流」兩觀念是相繫的，其發展與南宗禪本身的發展相一致，詳見孫氏〈明鏡與泉流〉之解析。《東方學報》第六十三冊，京都1991年3月。

「有念」，肯定現實中的一切皆真，現實的眾生心即佛心，肯定平常心
的流動，隨外境流轉的心就是自性清淨的心，如馬祖道一所云：

> 道不用修，但莫污染。何爲污染？但有生死心，造作趣向，
> 皆是污染。若欲直會其道，平常心是道。何謂平常心？無
> 造作，無是非，無取捨，無斷常，無凡無聖。經云：「非凡
> 夫行，非聖賢行，是菩薩行。」只如今行住臥，應機接物，
> 盡是道〔註24〕。

此等任運隨緣，無拘無礙的思想，正是誠齋體「活法」的精神，比呂
本中的「活法」更活潑，更透脫〔註25〕。在誠齋體風格中，能將「活
法」精神發揮得淋漓盡致的，非「飛動馳擲」一格莫屬〔註26〕，其「跳
騰踔厲即時追」〔註27〕的暢快俐落感，禪家機鋒的色彩，實已不疑而
具〔註28〕。

第三節　江西詩派之反響與誠齋詩風之轉變

　　北宋詩壇在王安石、蘇軾之後，要以黃庭堅爲首的江西詩派影響
最鉅，其時雖尚無詩派之名，但已有詩派之實〔註29〕。南渡以後，紹

〔註24〕　轉引自孫昌武〈明鏡與泉流〉。

〔註25〕　呂本中的「活法」旨在矯江西詩派囿於死法之弊，其說：「學詩當識
　　　　　活法。所謂活法者，規矩備具而能出於規矩之外，變化而不測而亦
　　　　　不背於規矩也。是道也，蓋有定法而無定法，無定法而有定法，知
　　　　　是者則可以與語活法矣。」（劉克莊〈江西詩派小序〉引）仍有心存
　　　　　規矩法式，不過強調靈活運用，循法而要能超越法；而誠齋的「活
　　　　　法」則是心無定法，隨物流轉。即如傅義所云：「（呂本中）目的是
　　　　　維護和光大自家（指江西詩派）的門庭。楊萬里則是要拆去其樊籬，
　　　　　跨出這家的門庭，走自己的路。」（〈楊萬里對江西詩派的繼承與變
　　　　　革〉）。

〔註26〕　參見本論文第六章第五節。

〔註27〕　張鎡語。見《南湖集》卷七〈攜楊秘監詩一編登舟因成二絕〉。

〔註28〕　周裕鍇〈禪宗與宋詩〉指出，「誠齋體」最突出之處是「快」，此特
　　　　　點脫胎於禪家機鋒，蓋禪家機鋒貴在迅疾。所言甚是！其說「快」
　　　　　之特點，實爲誠齋山水詩中「飛動馳擲」的風格。

〔註29〕　黃啓方〈論江西詩派〉：「當時黃庭堅的友人如高荷、謝逸、夏倪、

興三年，理學名家呂本中將北宋一群風格相近的詩人，創作源出於庭堅者，歸納成「一個觀念上的詩社」〔註30〕，名之曰：「江西詩社宗派」，江西詩派於是正式成立。其創作方式的主要特色，一般咸認為是「奪胎換骨」、「點鐵成金」。儘管庭堅本身詩歌成就非凡，藝術造詣別樹一格，他所謂的「奪胎換骨」法原意不錯，提倡「點鐵成金」的苦心亦無不妥〔註31〕。但是這等心意未必人人皆能理解，更何況無

李谷等人，他的親友如徐俯、洪明、洪炎、洪芻，以及親友的親友如李錞、謝邁、林敏修、汪革等人，在詩的創作上，或直接受他的指點，或間接受他的影響。於是學者日眾，逐漸形成了一股潮流：即當日有名的詩人陳師道，初從曾鞏，中年入蘇軾門下，後見黃山谷詩，遂傾心焉，他在〈贈山谷詩〉說『陳詩傳筆意，願列弟子行。』由此可見黃庭堅在當時詩壇的聲望了。江西詩派雖未於其時宣告成立，卻在無形之中形成了。」收在《宋詩論文選輯》（一）頁443。

〔註30〕見龔鵬程〈江西詩社宗派〉，收在《宋詩論文選輯》（一）中。

〔註31〕黃庭堅在答其甥洪駒父書中有「點鐵成金」之語；但「奪胎換骨」之語，不見於山谷任何著作中，卻首見於釋惠洪《冷齋夜話》引黃庭堅語。關於「點鐵成金」、「奪胎換骨」兩詩法，後人評騭甚多，譽之者以為詩中三昧手、足以傳示來世、不失正宗、實是妙法，見周紫芝《竹坡老人詩話》、洪邁《容齋詩話》、謝榛《四溟詩話》、楊慎《升庵詩話》；毀之者則詈之為剽竊、蹈襲，如王若虛《滹南詩話》，韋居安《梅磵詩話》、吳喬《圍鑪詩話》等，可謂斷斷相爭，訟而未決。撇開這些毀譽之詞，亦不論「奪胎換骨」之語是否為釋惠洪所捏造，庭堅所云「點鐵成金」之本意，旨在告誡其甥自作語最難，宜熟讀古人書，雖取古人之陳言，若能融鑄、以故為新，則如「靈丹一粒」，「點鐵成金」也。庭堅本人作詩的態度是很嚴肅認真的，其詩作亦獲得相當的肯定，他披露作詩的心得，但後學者（江西末流）遺其精而得其粗，「畫虎不成反類犬」，淪為蹈襲剽竊之賊，若將後輩之詩病全推給庭堅，似乎有欠公允。莫礪鋒《江西詩派研究》附錄二〈黃庭堅「奪胎換骨」辨〉，從詩歌理論和詩歌創作實踐兩角度來分析此問題，指出「奪胎換骨」的涵義：是要努力向前人學習、吸收，借鑒前人詩文中的語言技巧，利用前人的文學遺產，達到「以故為新」的目的，實包涵著求新的精神。對積累前代豐厚詩歌藝術技巧的宋代詩人而言，這種方法的提出是有一定禆益的。儘管它有其局限，也不無流弊（指江西末流專以拾人牙慧為能事，自詡為「點鐵成金」。），但據此而指責庭堅作詩好剽竊，則不符合事實。關於此，文中詳析因偽作的竄入本集，致引起誤解庭堅剽竊的情況。（齊魯書社，1986 年 10 月。）龔鵬程〈江西詩社宗派〉一文對「奪胎

庭堅之才力的後學，極易使「心思夾纏陷落在文字叢林中」〔註32〕，或側重在形式技法，或致力藝術美感，於是走入專務怪奇、低俗雕琢的死胡同裡，甚至造成剽竊的惡習，變成了僵化的模式。

南渡之際，先有徐俯、韓駒等人對庭堅議論的不滿〔註33〕，復有陳與義、呂本中、曾幾等人的革新，此殆王國維所謂「文體通行既久，染指遂多，自成陳套。豪傑之士，亦難於中自出新意，故往往遁而作他體，以發表其思想感情〔註34〕的意義吧！

誠齋所處的時代可說是宋代詩壇上的中興期〔註35〕，南宋四大家的陸游、楊萬里與范成大，無不與江西詩派發生淵源，後來都能從流派的束縛之下獨立出來，融化變通，各自開拓出另一番氣象〔註36〕，形成宋詩發展史上的中興局面。這裡筆者要談談在如此詩壇背景下，誠齋是如何跳出江西詩派的藩籬，而後自出機杼自成一格。其〈荊溪

換骨」的評議，大致與莫氏同。其他關於「點鐵成金」、「奪胎換骨」的解析與評議，持肯定之論或質疑之說均有，可參考陳永正〈黃庭堅詩歌的藝術成就〉、黃啓方〈黃庭堅詩的三個問題——詩作分期、詩體變異及詩論的建立〉（以上收在黃永武、張高評編著《宋詩論文選輯》裡）、張健《中國文學批評》第八章《黃庭堅的詩論》，五南圖書出版公司民國73年9月。郭玉雯〈有關奪胎換骨法若干問題的探討〉收在《宋代文學與思想》，學生書局，民國78年8月。黃勤堂〈散談『奪胎換骨法』〉、《文史知識》1990年3月。

〔註32〕同註30。
〔註33〕詳見黃啓方〈論江西詩派〉之論述。
〔註34〕引自《人間詞話新注》，滕咸惠校注，頁107，里仁書局。
〔註35〕見陳植鍔〈宋詩的分期及其標準〉、《文學遺產》1986年四期；吳小如〈宋詩漫談〉下、《文史知識》1990年二期。
〔註36〕陸游作詩私淑呂本中，師事曾幾，而呂、曾俱為江西詩派的大將，所以陸游受江西詩派的影響不可謂不大，後來卻能跳出江西窠臼，「清新刻露而出以圓潤，實能自闢一宗，不襲黃、陳之舊格」（《四庫全書總目》劍南詩稿提要語）。見劉大杰《中國文學發展史》、葉慶炳《中國文學史》、黃啓方〈論江西詩派〉之論述；《四庫全書總目》石湖詩集提要云：「初年吟詠（指范成大），實沿溯中唐以下。……自官新安掾以後，骨力乃以漸而遒，蓋追溯蘇、黃遺法，而約以婉峭，自為一家。」可見成大學詩經歷亦嘗出入江西詩派，晚年詩風丕變，「清新婉麗，不假雕琢」（葉慶炳語《中國文學史》下冊頁148）。

集自序〉云：

> 予之詩，始學江西諸君子，既又學后山五字律，既又學半
> 山老人七字絕句，晚乃學絕句于唐人，學之愈力，作之愈
> 寡。

自白其學詩之歷程。雖自云學之愈力，作之愈寡，其實每個階段的學習就是一種轉變，每變每進，誠齋日後「忽有所悟」的突變，正建立在長期轉益多師的基礎上，批判與繼承發展而成的〔註37〕。

　　誠齋學詩階段最後是模擬唐詩——特別是晚唐詩〔註38〕，他特別欣賞晚唐詩歌體現了「微婉顯晦，盡而不汙」的美學原則，發揚詩經、春秋婉而多諷的精神〔註39〕，而晚唐詩富于韻味的藝術本質則給他很大的啟發。他曾將詩分解爲「詞」、「意」、「味」三要素，三者之中又特別強調後者〔註40〕，「與韻味密切相關的是情性和詩興，這是

〔註37〕 傅義〈楊萬里對江西詩派的繼承與變革〉一文，指出誠齋繼承黃庭堅的創新精神，對江西體有所變革，而形成他的新體詩。以爲變革之端有五：活法的實質不同、創作道路的不同、藝術的宗尚不同、創作的主張不同、語言的風格不同等，分析精當，可以參考。見《中國文學研究》，1990 年三期。唯本節旨在說明誠齋擺脫長期模擬、突破創作困境的契機，除了繼承黃庭堅的創新精神外，晚唐詩給誠齋相當的啟發。

〔註38〕 參見本論文第六章第二節三、「詞微意深，委婉多諷」註35。

〔註39〕 參見本論文第六章第二節三、「詞微意深，委婉多諷」。

〔註40〕 《誠齋集》卷八十三〈頤菴詩稿序〉云：「夫詩何爲者也？尚其詞而已矣！曰：善詩者去詞。然則尚其意而已矣！曰：善詩者去意。然則去詞，去意，則詩安在乎？曰：去詞、去意，而詩有在矣。然則詩果焉在？曰：嘗食夫飴與荼乎？人孰不飴之嗜也？初而甘，卒而酸。至於荼也，人病其苦也；然苦未既而不勝其甘，詩亦如是而已矣。」下文雖接著說明此「味」係指三百篇之遺味，然此爲誠齋「味」論的第一層含義，試看〈江西宗派詩序〉云：「江西宗派詩者，詩江西也，人非皆江西也。人非皆江西，而詩曰江西者何？繫之也。繫之者何？以味不以形也。東坡云：『江瑤柱似荔子』又云：『杜詩似太史公書』不惟當時聞者嘸然，陽應曰『諾』而已，今猶嘸然也。非嘸然者之罪也，舍風味而論形似，故應嘸然也。形焉而已矣，高子勉不似二謝，二謝不似三洪，三洪不似徐師川，師川不似陳后山，而況似山谷乎？味焉而已矣，酸鹹異味，山海異珍，而調腑之妙，出乎一手也。似與不似，求之，可也；遺之，亦可也。大抵公侯之

形成詩味的兩個主要因素」〔註41〕，誠齋再進一步把三者連繫起來：

> 吾倩陳履常示予以其友周子益訓蒙之編，屬聯切而不束，
> 詞氣肆而不蕩，婉而莊，麗而不浮，駸駸乎晚唐之味矣。
> 蓋以詩人之情性而寓之舉子之刀尺者歟？（〈周子益訓蒙省題
> 詩序〉，《誠齋集》卷八十三）

> 大抵詩之作也，興，上也；賦，次也；賡和，不得已也。
> 我初無意於作是詩，而是物是事適然觸乎我，我之意亦適
> 然感乎是物是事，觸先焉，感隨焉，而是詩出焉，我何與
> 哉，天也！斯之謂興。（〈答建康府大軍庫監門徐達書〉，《誠齋集》
> 卷六十七）

意即「味」乃外界事物的觸動，詩人的有感外物，引起創作衝動，配
合詩人的本然情性而自然產生。誠齋曾云：

> 戊戌（淳熙五年）三朝，時節賜告，少公事，是日即作詩，
> 忽若有悟。于是辭謝唐人及王陳江西諸君子，皆不敢學，
> 而後欣如也。試令兒輩操筆，予口占數首，則瀏瀏焉無復
> 前日之軋軋矣。（〈荊溪集自序〉）

從學詩的過程中，他體悟出僅在前人詩作中學習詩法，易使思想情
感僵化枯燥，「學之愈力，作之愈寡」，一旦辭謝前人，接觸外界，
時興便源源而來。晚唐詩啓發誠齋由學習詩法轉向當下把握時興創
作〔註42〕，至此，誠齋也就易于擺脫長期陷于學習模擬的窘境，而

家有閭閻，豈惟公侯哉？詩家亦然。寒人子崛起委巷，一旦紆以銀
黃，纓以端委，視之：言，公侯也。貌，公侯也。公侯則公侯乎爾；
遇王謝子弟，公侯乎？江西之詩，世俗之作，知味者當能別之矣。」
（《誠齋集》卷七十九）強調「風味」的重要，乃其「味論」另一層
含義，蓋以爲一首好詩於文同句意之外，還須有值得人品嚐的餘味，
而不是說做詩不要詞采詩意。

〔註41〕語見王琦珍〈論楊萬里詩風轉變的契機〉《江西社會科學》1989 年
四期。

〔註42〕「味」的基本含義有兩層：一指審美主體的審美活動（主要指審美
觀照及體驗）；二指審美對象（主要是文藝）的審美特徵、美感力量。
所謂「晚唐詩富于韻味」的內涵係指第二層面，司空圖在總結和吸
取前人論述的基礎上，提出韻味說，其說指作品的形象和意境本身

漸嚐到自由創作的快感了。

　　誠齋因學晚唐詩而體悟出詩貴獨創，其實又何嘗不是受江西詩派影響於潛移默化中呢？「學江西詩不是學它的面貌，是學它的創作方式，而創作方式的最終極目標，又在於顯示自己獨特的人格，以及自己獨特的精神」〔註43〕，如庭堅「薈萃百家句律之長，究極歷代體制之變」〔註44〕，開創出江西詩派，豈非創新？「忽若有悟」，是誠齋詩風轉變的轉捩點，悟出「傳派傳宗我替羞，作家各自一風流（〈跋徐恭仲省幹近詩〉三首其三《詩集》卷二十六），於是吸收前人創作經驗，融化變通，開創「誠齋體」〔註45〕。

　　所包含的神味，以及作品引起欣賞者想像後，所獲得的一種境界和情趣。參見皮朝綱《中國古代文藝美學概要》第一章「味」（審美觀照及體驗）、第八章「味」（審美特徵），四川省社會科學院出版社，1986 年 12 月。晚唐詩正具有此種美學特徵。文藝作品要能產生「味」，必須有真性情作為基礎，才會具有動人的美感力量。誠齋辭謝前人接觸外界後，詩興源源而來，這種審美衝動與創作欲念是發自內心的真性情，誠如王士禎所云：「興會發於性情。」（《帶經堂詩話》卷三）。誠齋能突破創作困境而自出機杼自成一格，晚唐詩啟發他從詩法轉向詩興，這是一大因素。又，晚唐詩體現「微婉顯晦，盡而不汙」的美學原則的一面，影響誠齋對詩的認識從形貌轉向風味（參見成復旺、黃保真、蔡鐘翔《中國文學理論史》（二）頁 456～458，北京出版社，1987 年 7 月），也影響誠齋愛國山水詩篇表現手法的含蓄曲折（見本論文第六章第二節）。

〔註43〕　同註30。

〔註44〕　劉克莊語，見〈江西詩派小序〉，收于《歷代詩話續編》頁478，丁福保輯，木鐸出版社，民國72年9月。

〔註45〕　誠齋力學不倦，淹貫百家，時人周必大曾指出：「公由志學至從心，上規廣載之歌，刻意風雅頌之什，下逮《左氏》、《莊》、《騷》、秦、漢、魏、晉、南北朝、隋、唐以及本朝，凡名人傑作，無不推求其詞源，擇用其句法。」（《周益國文忠公集·省齋文稿》卷九）近人歐陽炯也考述誠齋詩之淵源，並作圖示，列有詩三百、陶潛、庾信、何遜、陰鏗、李白、杜甫、王維、孟浩然、韋應物、柳宗元、白居易、劉禹錫、晚唐詩人、歐陽修、王安石、蘇軾、江西詩派、陳師道等（見〈楊誠齋詩研究〉國立編譯館館刊十二卷一期，民國72年6月）。筆者以為學習的過程雖然兼容並蓄，最後為誠齋所擇取，真正在理論或實踐上予以重大影響，形成「誠齋體」面目的，卻非以

第四節　誠齋思想與其山水詩境界之印合

　　文學創作的主體構思，必然經過心靈的淘洗篩選，創作者的思想主導其作品的表現。因此作家往藉著作品來表達他的思想，而作品也反映著作家的思想，意即作家的思想與其作品（包含藝術形式和內容兩部分）之間，有著不可分割的血緣關係。本節即在探討誠齋山水詩所展現的內容形式與其思想的關連性。

　　分析誠齋山水詩，筆者發現他筆下山水，不是謝靈運式刻意尋幽探奇的無人之境，而是唾手可得，平實生活中的人間勝景。這與其仕官行旅、家居官舍的生活是密不可分的。其山水詩中所傳遞的情感思想，絕大部分是個人的生活感受——如旅途的紀行，仕宦情懷的自白，以及家居官舍、休閒遊賞的偶記等，另有一部分是愛國思想的流露，及極少數關懷民生疾苦之作。了無涉及佛道思想，歸隱慕仙之類的色彩〔註46〕，有的只是仕宦羈縛的感歎，與歸田返鄉的企盼，或是發洩旅途艱辛的牢騷，可謂積極篤實地活在人間世，與現的人生緊緊相繫。

　　誠齋神於體物，用心體貼地觀察山水景物，往往能捕捉易為人忽視，稍縱即逝而又妙趣橫生的一瞬，再運用其擅長的擬人法使山水形象化，傳達出山水的動態美。在詩的空間設計上，誠齋則喜用特寫造成空間壓縮的效果，突顯作者專注的景物，表現詩人的性靈，強調大自然的情趣與生命。這種藝術手法和他山水詩中思想情感相結合，使詩中的意象，帶著個人對大自然主觀的看法，富有極濃厚的個人情趣色彩。因此，誠齋山水詩所展露的物我關係，絕大多是「物我若即若離」與「物我或即或離」〔註47〕，讀者能感受到詩人清晰強烈的自我

　　上皆是。如白居易、晚唐體、江西詩派、蘇軾等，則分別予誠齋以不同層面的影響，詳見第六章之論述。

〔註46〕　《誠齋集》卷七十二《石泉寺經藏記》：「予不知佛書，且不解福田利益事也，所知者儒書爾。」可與其山水詩所呈現的內容思想，相互照應。

〔註47〕　此二名詞沿襲自王國瓔《中國山水詩研究》第二部份〈中國山水詩的特色〉，王氏分析中國山水詩呈現的物我關係，歸納成三種典型，

意識，詩人是自然山水的觀照者而非參與者，而山水也往往是觸發詩
人情緒及人生經驗的媒介。如此所形成的境界不是超越現實人生中的
自我，與物俱化冥合的「無我之境」，而是執著現實人生中的「我」，
與物有所對待的「有我之境」〔註48〕。

　　至此，筆者再由思想的角度來解釋形成誠齋山水詩此種境界的必
然性。誠齋不僅是南宋初期著名的文學家，同時也是一位才學廣博的
思想家，主要著作有《誠齋易傳》、〈庸言〉、〈天問天對解〉等。在思
想上，他「繼承了古代唯物主義的思想傳統，是一位唯物主義哲學家。」
〔註49〕，在〈天問天對解〉中闡釋他的宇宙觀：

　　陰陽之合以三，而元氣統一之以一。炎者，元氣之吁也；
　　冷者，元氣之吹也。吁而吹，吹而吁；炎而寒，寒而炎，
　　交錯而自爾功者也。其始無本，其末無化。天之九重者，
　　陽數之合沓而積者爾。天之圓體者，一氣輔輪而渾茫者爾，
　　烏有所營？烏有所度哉！其凝而結也，冥然而凝，莫見其
　　所以凝；其釐而治也，玄然而釐，莫見其所以釐，烏有所

〔註48〕 另一為「物我相即相融」。本節此處的論點即以該書為借鏡。
　　　　王國維《人間詞話》：「有我之境，物皆著我之色彩。無我之境，不
　　　　知何者為我，何者為物。此即主觀詩與客觀詩之所由分也。」（見滕
　　　　咸惠校注《人間詞話新注》頁 50，里仁書局，民國 75 年 10 月）朱
　　　　光潛《詩論》以「移情作用」的有無深淺作解釋，改王氏的「有我
　　　　之境」為「無我之境」，謂之「同物之境」；改「無我之境」為「有
　　　　我之境」，謂之「超物之境」。張世祿〈評朱光潛《論論》〉一文指出，
　　　　朱氏誤解王氏的原意，張氏以為這兩種境界分別的由來，兩類人生
　　　　觀的趨異，也就是說「如果處處以自我為主，則外界之不合於我的
　　　　理想，不能滿足我的欲望，都要引起不平的感慨；如果能夠破除我
　　　　執，或解脫自己，則一切達觀，物我相齊，無往而不得。前者近於
　　　　入世的，後者近於出世的；前者易起悲憤之情，後者則多恬淡之懷；
　　　　這兩類相異的人生觀，表現於詩歌上，就成為兩種不同的境界。」
　　　　（收錄在《中國文學批評家與文學批評》下冊，頁 710，學生書局，
　　　　民國 73 年 5 月。）「有我之境」與「無我之境」中所謂的「我」，頗
　　　　近於佛學上的「我執」之我。竊以為張氏頗能體貼王氏的原意。
〔註49〕 見《宋明理學史》第十五章〈楊萬里與理學唯心相對峙的思想〉，頁
　　　　468，侯外廬主編，人民出版社，1982 年。

功？烏有所作哉！（《誠齋集》卷九十五）

誠齋以爲宇宙天地間並沒有所謂神祕的造物者在主宰，而是混沌的元氣自然形成的，所有萬物的變化及構造，都是它自身對立面相互作用的結果。

誠齋還用元氣解釋柳宗元〈天對〉「怪彌冥更，伯強乃陽；順和調度，惠氣出行。時屆時縮，何處有鄉。」，以爲癘氣、惠氣時而出現，時而收斂，「莫非一氣也，又烏有伯強居住之鄉？」，這不過是元氣運動的自然現象，並非什麼疫鬼伯強的出沒，具有科學精神及無神論思想的傾向。在此自然觀的基礎上，誠齋批判了荒誕不經的古老神話傳說，和天人感應的神學天命，並進一步建立物質不滅的唯物主義思想：

> 冲然之謂道，蒸然之謂氣，澄然之謂天，凝然之謂地。蒸然者，天地之充也；冲然者，天地之渾也。故道爲氣母，氣爲天地根。（《誠齋集》卷九十二，〈庸言〉七）

> 易曰：有天地然後有萬物；有萬物然後有男女；有男女然後有夫婦；有夫婦然後有父子；有父子然後有君臣；有君臣然後有上下；有上下然後禮義有所措。夫唯有是物也，然後是道有所措也。彼異端者，必欲舉天下之有而泯之於無，然後謂之道。物亡道存，道則存矣，何地措道哉？（《誠齋集》卷九十一，〈庸言〉五）

誠齋所謂的「道」和混沌無形的「元氣」，是同一概含，「冲然」、「蒸然」、「澄然」、「凝然」，不過是元氣在不同狀態下的不同面貌罷了。「道」非程朱所宣揚的精神層面的唯心觀點，而是帶有物質含義的唯物觀點。又以爲先有天地，而後有自然萬物及人類社會，有了人類社會，才產生一切的道理法則，也就是有「物」才有「道」。〔註50〕

由此種自然觀與唯物觀點出發，誠齋認爲天、人的相互關係上，

〔註50〕 參見侯外廬主編《宋明理學史》頁 478～789；《中國古代哲學家評論》續編三，步近智撰「楊萬里」部份，頁 431～433，齊魯出社，1982 年 9 月。

「人之所至，天亦至焉，故曰人也。」（〈千慮策・國勢〉，《誠齋集》卷八十七）強調人勝天，支配天的主導作用。也因為有這樣的思想，必然會強調現實的社會人生及自我的實踐，自覺或潛意識地人格化山水，形成「有我之執」的山水境界〔註51〕

綜合以上各節之論述，可以歸納如下：

一、誠齋學詩雖自江西詩派入手，後來卻能擺脫流派的束縛，融變遍參諸家的心得，而後自出機杼自成一格。誠齋在遍參諸家詩學，達相當的廣度與深度後，突破學習瓶頸，進入自我創作的要求日切。其詩風得以轉變，固然江西詩派之反響予以一定的刺激，樞紐實在於對晚唐詩歌藝術的肯定與學習，因而悟出作詩貴在吟詠情性，由詩法轉向詩興，依恃活法，從大自然中找尋創作泉源與靈感。

二、誠齋所依恃的創作精神——「活法」，除得力於一顆機趣駿利、活潑透脫的心靈，復受禪宗思維方式的影響。其追求任運自然，活潑而無拘礙地儘情表露主觀情志，實暗合禪宗「心如泉流」的觀念。

三、在內容思想方面，誠齋山水詩以記錄旅途種種，閑居雜感和公餘休閑為多，這種近乎日記式的內容描寫，正是南宋詩人普遍以日常生活細節，與便捷的生活感受，作為詩歌美學主題的反映。而誠齋感憤國勢、諷議時政的一面，無不道出當時積弱的國勢、偏安的政局，

〔註51〕 朱伯崑《易學哲學史》云：「其自然觀具有唯物主義的因素，但在天理問題上，仍舊陷入了唯心主義。」（中冊頁 374，北京大學出版社，1988 年 1 月。）、侯外廬主編《宋明理學史》：「楊萬里在自然觀、認識論上是樸素唯物主義，但一觸及到道德倫理問題，就立即陷入唯心主義。」（頁 488）、步近智：「楊萬里在『仁』、『誠』思想上頗受孟軻、《中庸》和程顥的思想影響，把『仁』、『誠』的道德觀念看作是先天的、超級的，而且過于誇大了它們的作用，陷入了主觀唯心主義的泥沼。」（《中國古代哲學家評傳》續編三頁 447），一致指出誠齋思想具有唯心主義的層面，甚至其無神論思想亦有局限性，未能徹底否定鬼神的存在。然而誠如以上諸人所言，誠齋的自然觀（包含對待自然山水的態度）是唯物主義，這才是影響其山水詩形成「有我之執」的境界的主要因素。

針砭朝野的萎靡與苟安。這正是誠齋山水詩結合時代精神的表現。

　　四、在藝術表現方面，誠齋喜用俚言俗語描摹山水，緣於出身寒微，受市井生活的活力及藝術趣味的濡染。而詩中所流露出的幽默諧趣，正是誠齋性格的投影。另一方面，他也繼承晚唐「微婉顯晦，盡而不汙」的美學原則，用以表現感憤國事、諷議時政的愛國山水詩篇。

　　五、誠齋山水詩展現的內容思想與藝術手法相結合，所形成的「有我之執」的詩歌境界，與其唯物主義的自然觀，強調現實的社會人生與自我實踐的思想，兩者是密切關連的。

第五章　誠齋山水詩之內容分析

　　比起前代，南宋詩歌美學之主題，更傾向於日常生活細節及便捷的生活感受之描寫〔註1〕，此種現象可以誠齋詩集作為見證。誠齋曾云：「予生好為詩」（《南海集》序）又謂：「予生百無所好，而顧獨尤好文詞，如好好色也；至於好詩，又好文詞中之尤者也。」（《誠齋集》卷八十一〈唐李推官披沙集序〉）將生命才力投入其中，而他的山水詩在思想感情上最突出的表現，就是對生命和大自然的熱愛。

　　誠齋喜歡以組詩的形式盡情地模山範水，有時一個詩題多達十六首詩，往往同一個地方的山水，誠齋一再地描寫〔註2〕。有些山水詩還加自注〔註3〕，可以彌補地理志之不足。他所描述的山水不是刻意探幽尋奇的無人之境，而是唾手可得的人間勝境，這與其仕宦行旅以及家居官舍的生活是密不可分的──在在反映出山水已是誠齋生活

〔註1〕見本論文第四章節之論述。

〔註2〕誠齋樂於描寫州衙內的勝景和故鄉的南溪風光，而仕宦行旅來往數次的西山、招賢渡、橫山、惠山、真陽峽、峽山、平望、百花洲、臨平等，以及西湖秀麗的山水，也常常出現在誠齋的山水詩中。由於心情的不同，賞景角度的各異，這些相同地點的山水，每一次展現的風情也總不同。

〔註3〕如〈晨炊白昇山〉（卷十三）、〈過長峰逕遇雨遣悶十絕句〉（十七）、〈暮經新豐市望遠山〉（廿七）、〈宿池州齊山寺即杜牧之九日登高處〉（卅三）、〈過五嶺〉（卅四）、〈過閤門溪〉（卅四）、〈過蕭山渡〉（卅五）……等。（括孤內數字為詩集卷數）。

中不可缺少的調劑品。此外，誠齋的愛國山水詩篇，情感眞摯熱切，
卻往往出以含蓄委婉，意味深長，極具沈鬱之特色。

就以上內容，本章擬分四節論沄之：一、我本山水客，旅途且紀
行；二、宦海載浮沈，羈旅繫情懷；三、家居官舍、休閒遊賞；四、
睠懷故土、感憤國事等四大項，以闡明誠齋山水詩的內容，並分述如
下：

第一節　我本山水客　旅途且紀行

宋代審美文化呈現著一種前所少見、內在齟齬、彼此衝突的雙重
結構模態，然而宋人卻善於調和種種矛盾的現象，建構出新的平衡模
式，形成特有的生活方式、文化心理及價值取向﹝註4﹞。就生活方式與
人生情趣層面來說，「突出的表現就是異乎尋常的鍾情山水。他們行必
登山臨水，尋幽探勝；居必登樓升閣，游目騁懷；仕則聚朋邀友，四
時遨遊；隱則傍山鄰水，朝夕觀賞。」﹝註5﹞誠齋自謂「我本山水客」
﹝註6﹞，這種具體而微的呈現，正是宋人對大自然一往情深的例證！

宋人喜好遊山玩水的結果，產生了大量多樣化的遊記，這些遊記
文學，以再現遊覽途中山水之美爲主體。文人往往透過山川風物的具
體描繪，將面對自然時的心靈感受與文化意識形諸文字。宋代遊記的
文體以散文居多，著名的如蘇軾《東坡志林》、歐陽修《于役志》、陸
游《入蜀記》、范成大《石湖三錄》等﹝註7﹞。誠齋「生好爲詩」，即

﹝註4﹞ 周來祥、儀平策〈論宋代審美文化的雙重模態〉一文，由政治機制、
　　　　階級結構、與哲學思潮三大層面與審美文化的關係，詳析造成宋代
　　　　審美文化具雙重模態的原因，文中也舉種種現象爲例説明，極具參
　　　　考價值。《文學遺產》1990 年 2 月。
﹝註5﹞ 見章尚正〈宋代山水詞的文化審視〉《安徽大學學報》哲學社會科學
　　　　版，1990 年第二期。
﹝註6﹞ 見《詩集》卷十六〈明發陳公徑過摩舍那灘石峰下〉十首其六。
﹝註7﹞ 參見王立群〈論宋代遊記多樣化的原因〉《河南大學學報》社會科學
　　　　版，1991 年 3 月。

選擇了詩歌來記遊，可謂與范成大如出一轍〔註8〕。其內容或札記旅途休憩，或筆記風土景觀，或表現旅途之歡欣，茲分述如下：

一、旅途休憩之札記

誠齋常在模山範水之餘，兼述旅途休憩之種種情狀，或記載行程與心情之諸般瑣事。如：

> 江湖便是老生涯，佳處何妨且泊家。自汲松江橋下水，垂虹亭上試新茶。（〈舟泊吳江〉三首其二，《詩集》卷八）

> 清遠山前煙雨濛，黃巢磯畔水連空。旋芟蘆荻炊朝飯，更斫芭蕉補漏蓬。（〈曉發黃巢磯芭蕉林〉，《詩集》卷十六）

儘管詩人自嘲「江湖便是老生涯」，卻頗能隨遇而安，不僅以「佳處何妨且泊家」自我安慰，盡情享受山光水色，還能就地取材，烹茶炊飯。

再如《詩集》卷十七〈過長峰逕遇雨遣悶十絕句〉，其序云：

> 南人謂深山長谷寂無人煙，中通一路者謂之逕。自翁源至河源其逕有三，猿藤、陂子各五十里，惟長峰百餘里〔註9〕，過者往往露宿鑽火以炊，予以半夜一晝疾行出逕宿秀溪云。

先說明這次行程的大概。再觀全組詩：

> 說著長峰十日愁，夜來發處四更頭。莫令炬火風吹黑，未說紅紗絳蠟休。

> 百里如何一日行，晴天猶自急追程。山雲管得儂愁雨，強作催詩數點聲。

> 野炊未到也飢嗔，到得炊邊卻可人。傘作旅亭泥處坐，水漂地竈雨中薪。

> 石上菖蒲鐵作鬚，寸根九節許清臞。安期自是參渠底，卻重安期不重渠。

〔註8〕程杰〈論范成大以筆記為詩──兼及宋詩的一個藝術傾向〉一文指出，范成大詩中往往記遊，敘錄地方土宜和村社民俗。（見《南京師大學報》1989 年第四期。林天祥《范成大山水田園詩研究》對此則有詳析，可參看。（民國 80 年成功大學歷史語言研究所碩士論文）

〔註9〕四部叢刊本及四部備要本皆作「餘百里」，此據烏絲闌朱校本改。

一眼空山空復空，欹蘆倒荻雨和風。卻緣小隊旌旗過，教得青楓學著紅。

何須人跡到來曾，點汗松風澗水聲。不是先生愛山水，是間卻遣阿誰行。

猿藤陂子枉驚呼，未抵長峰小羊塗。今夕前頭何許宿，不知出得逕來無。

下到危坡斗處泥，旁臨崩岸仄邊溪。不須杜句能驅瘧，只誦長峰遣悶時。

出得山來未見村，已知村近稍多田。坐看雲腳都垂地，回望峰頭已入天。

鰌是鰕兄非善地，橘和辦種帶禳災。烏稗不熟還無事，小艇難乘莫載來。

此組詩寫於淳熙八年，誠齋廣州任時。從發秋如何通過長峰逕說起，途中遇雨，泥水濕薪，野炊困難，逕中景緻，穿逕心情——「今夕前頭何許宿」，以及出逕後所見另一番景象，娓娓道來，也寫出了南方潮濕未經開發的特殊山野風光。

有時詩人也隨手札記旅途中的心情瑣事：

望中不著一山遮，四顧平田接水涯。柳樹行中分港汊，竹林多處聚人家。風將春色歸沙草，天放晴光入浪花。午睡起來情緒惡，急呼蟹眼淪龍牙。（〈過平望〉，《詩集》卷二十九）

其他如〈之永和小憩永壽寺〉，兼記觀佛像（《詩集》卷三）；（豐山小憩），記清蔭休憩（卷五）；〈瓦店雨作〉四首，述雨夜作客山陽瓦店聽雨的平靜心情，及黃昏爲投宿而趕路的愁情（卷二十九）；〈清日午憩黃池鎮〉，記清明休憩黃池鎮，嬾困風光而酣午睡之情狀（卷三十四），若此諸什，於模山範水中，也都兼記了旅途之瑣事。

由上述可見，山水詩亦可兼有紀行詩之特色。不過單純的紀行詩，詩中並無山水之描寫，只載行程種種與旅途感受。而山水紀行詩則於紀行外，又再現遊覽途中山水之美。大抵山水紀遊乃宋人習性，文人選擇不同文體表現，而誠齋則於所長的詩歌中表現之。

二、風土景觀之筆記

誠齋山水詩中，對於特殊之風土景觀，常有如實的記錄。如《詩集》卷二十七〈曉過丹陽縣〉五首其四、其五：

> 雞犬漁翁共一船，生涯多在篛篷間。小兒不耐初長日，自織篛籃勝打閑。

> 水從常潤路都迷，曲曲長河曲曲堤。不是兩牕供日腳，更無南北與東西。

描寫江南水鄉之民，賴船為生的情形，以及水道縱橫錯雜的特殊景觀，令人有實臨之感受。

再如《詩集》卷二十九〈過臨平蓮蕩〉：

> 蓮蕩層層鏡樣方，春來嫩玉斬新光。角頭一一張蘆箔，不遣魚鰕過別塘。

> 蓮蕩中央劣露沙，上頭便著野人家。籬邊隨處插垂柳，簷下小船縈釣船。

> 朝來採藕夕來漁，水種菱荷岸種蘆。寒浪落時分作蕩，新流漲後合成湖。

> 人家星散水中央，十里芹羹菰飯香。想得薰風端午後，荷花世界柳絲鄉。

紹熙元年誠齋送伴金使北歸途中，記下了江南水鄉的風光。沼澤種蓮，岸種蘆葦，蘆葦所編製的簾箔可用來圍捕魚鰕，野生之水芹菰實又可作羹飯，真是物盡其用。試想垂柳人家星散在荷花世界裡，芹羹菰飯之香隨風飄，江南魚米富庶之鄉，盡呈眼前。

又如下列四首詩：

> 一溪秋水一橫橋，近路人家卻作遙。柳遠溪橋荷遠屋，何須更著酒旗招。

> 忽從平地上高城，乃是圩塘隄上行。厚賽柳神銷底物，長腰雲子闊腰菱。（〈宿菱橋化城寺〉二首，《詩集》卷三十三）

> 籬落疎疎一逕深，樹頭新綠未成陰。兒童急走追黃蝶，飛入菜花無處尋。

春光都在柳梢頭，揀折長條插酒樓。便作在家寒食看，村
歌社舞更風流。（〈宿新市徐公店〉，《詩集》卷三十四）

寫化城寺之幽深掩映，徐公店黃蝶飛花之無處尋跡，形象捕捉，皆生
動具體，歷歷如見。同時我們彷彿看見詩人興致勃勃地融入當地迎神
賽會的熱鬧氣氛中，觀賞村民為慶祝收成而歡騰的謝神祭祀，和娛樂
的歌舞藝術。

　　此外，如〈小泊英州〉二首其一，記錄藤葉檳榔柚花、茅簷覆土
床的南海風土景觀（《詩集》卷十五）；〈過陂子逕五十餘里喬木蔽天
遣悶七絕句〉，描寫南海林逕中楓倒杉傾、黃葉青苔、蕨長蘆深、芭
蕉滿谷之種種景致（卷十七）；〈明發龍川〉述南海山林間濕熱瘴氣
的熱帶氣候（卷十七）；而〈過招賢渡〉四首其四（卷八）、〈小舟晚
興〉四其首三（卷十三）、〈峽中得風掛帆〉（卷十六）諸篇，敘舟子
之辛勞及身手矯健；〈湖天暮景〉（卷二十七）、〈過寶應縣新開湖〉十
首其四及其九、〈過九里亭〉（卷三十）諸篇，描寫漁家生活的點點滴
滴，皆傳神寫照在詩中。

三、旅途歡欣之記趣

　　誠齋遇著道途艱險，事不順隊、苦辛倍嚐時，不免發發牢騷：「一
生行路竟如何？樂事還稀苦事多。知是風波欺客子，不知客子犯風
波？」「萬事向儂冰與炭，一生行役雨和風。」〔註10〕。其實在他絕
大多數的山水詩裡，我們常可感受到詩人對秀麗山光水色的欣喜，如
〈過百家渡四絕句〉（《詩集》卷一）、〈過大皋渡〉（卷三）、〈將至建
昌〉（卷四）、〈晚過黃州鋪二絕〉（卷五）、〈將近許市望見虎丘〉（卷
十三）、〈二月一日曉渡太和江〉三首（卷十五）、〈泊鴨步〉（卷十八）
諸詩〔註11〕。在此，筆者再舉幾首誠齋描寫旅途歡欣之山水詩，以領

〔註10〕　分見誠齋《詩集》卷十五〈清明日欲宿石門未到而風雨大作泊靈星
　　　　　小海〉六首其四、《詩集》卷十六〈過骨口江水大漲舟楫不進〉。
〔註11〕　誠齋詩集裡一些純粹模山範水的山水詩，多半透露出作者對山光水
　　　　　色的愛不忍釋。有關這類詩的解析，請參見本論文第六章。

略詩人的喜樂：

> 蒻篷舊屋雨聲乾，蘆蕟新簷暖日眠。枕底席邊俱綠水，腳
> 根頭上兩青天。

> 人在非晴非雨天，船行不浪不風間。坐來堪喜還堪恨，看
> 得南山失北山。（〈小舟晚興〉四首其一、其二，《詩集》卷十三）

既無風雨又無浪，詩人懶洋洋地躺在蒲席所編製的船篷中，枕底席邊
皆綠水，腳根頭上一片青碧。如此任隨小舟晃漾在綠波裡，遠離塵囂
雜遝，自在悠閒地享受著大自然提供的晚宴——山光水色，豈不情趣
盎然？

再如《詩集》卷十五〈萬安道中書事〉三首其一、其二：

> 玉峰雲剝逗斜明，花徑泥乾得晚行。細細一風寒裡暖，時
> 時數點雨中晴。

> 攜家滿路踏春華，兒女欣欣不憶家。騎吏也忘行役苦，一
> 人人插一枝花。

雲開峰出，斜照殷殷，和著細縷輕風，在春寒料峭〔註12〕中帶來些許
暖意，而落花狼藉的山徑間，誠齋正攜家帶眷趕赴廣東任。滿路的春
花和秀麗的山色使「兒女欣欣不憶家」，連護送的官吏也欣喜地忘卻
行役之苦，想必詩人此刻心中也有無比的喜悅吧！這種開朗樂觀的精
神表現，實爲宋詩的一大特色。宋代由於重文輕武，文人參政機會多，
從政無門的鬱悶相對已減少〔註13〕。即使仕途不得志，也能藉著理學
反思、禪學無執，將悲哀轉向於精神上的平衡與和諧，沖淡了悲憤的
情緒。另一方面，朝廷十分禮遇朝官，給予優渥的經濟保障，士大夫
的生活少了一份經濟負擔，自然又少了一份愁苦的因子。而有宋以來
的積弱不振，也使得整體生命力趨於內斂貞靜，容易形成內在的自

〔註12〕　本詩第三首起句爲「桃花薄相點燕脂」，故知時爲春季。
〔註13〕　王曉波〈北宋文化與人才問題芻議〉云，宋太宗、眞宗、仁宗、英
　　　　宗、神宗五朝取士共二三三〇〇餘人；而唐代二百九十年間科舉取士
　　　　共計八四二九人，北宋前一四〇年取士數量，已爲整個唐代的二倍
　　　　多。國際宋代文化研討會論文，1991 年 8 月。

足，減低對物欲的失望。這種種因素交互激盪，使得宋人具有豁達的人生觀，表現在詩歌中，是揚棄悲哀，走向樂觀〔註14〕。

又如《詩集》卷三十五〈入浮梁界〉：

> 濕日雲間淡，晴峰雨後鮮。水吞隄柳膝，麥到野童肩。渦
> 游嬉浮葉，炊煙倒入船。順流風更順，只道不雙全。

雨後的山峰更顯鮮碧，雲間的淡日彷彿也被淋濕了般。隄岸邊的楊柳低垂入水，好似被水張口吞沒一般，田野間的麥子也已長到孩童的肩膀高。看著浮在水面的樹葉隨游渦捲的亂轉，如同和它戲耍；在船尾作飯，順風將炊煙由後至前颭入船身。此情此景，好不令人會心——景色怡人，又順水行舟，更有乘風破浪之快。俗云世事難兩全，當下全都教詩人碰著，全詩洋溢著作者乘船的喜悅。

綜上所述，誠齋以詩記行程休憩、記風物土宜、記旅途歡趣，不僅反映出宋人長於山水記遊的特色，也顯示誠齋擅寫山水紀行詩的個中翹楚。

第二節　宦海載浮沈　羈旅繫情懷

誠齋歷任知縣、知州、國子博士、太常丞、吏部郎中、太子侍讀、樞密院檢詳、秘書監、轉運副使等職。從江西到江南，由廣東到江東，誠齋經歷了宦海浮沈、行旅飄泊。種種羈旅的情懷，如道途艱辛的表白、老病的情愁，與仕宦的羈縛，皆一一反映於山水詩中。茲分述如下：

〔註14〕　吉川幸次郎《宋詩概說》云：「遍覽宋詩，就會發覺到悲哀的作品並不算太多。或者，即使吟咏悲哀的詩，也多半還暗示著某些希望，而很少悲哀到絕望的程度。宋人廣闊的視界，終於洞察了悲哀絕不代表人生的全部。」發現揚棄悲哀，走向達觀，是宋詩的普遍傾向。林天祥《范成大山水田園詩研究》則進一步由政治、經濟、文化、哲學四項因素，說明其所以然。本文此處乃根據其說。（見頁 128～130）

一、道途艱辛之表白

歷來士大夫在宦遊中，不論升貶，總會在詩中流露宦程之苦。這種慨歎不全由宦遊升貶所導致，其中不免是傷春悲秋的情緒，杜甫不是說：「搖落深知宋玉悲」嗎〔註15〕？此外，樂府詩《行路難》，將人生的坎坷比喻爲行路的艱難，李白等唐代的詩人又將宦途之艱難比擬旅程之崎嶇。這是因道途的艱辛，引發出一種對生命苦難的思考，誠齋所作〈行路難〉五首〔註16〕，正表現此種哲思。由以上兩個角度來了解誠齋此類山水詩，可知誠齋絕非因計較個人的升沈得失，而遷怒於宦程的艱辛。如《詩集》卷一〈除夕前一日歸舟夜泊曲渦市宿治平寺〉：

> 江寬風緊折綿寒，灘多岸少上水船。市何曾遠船不近，意
> 已先到燈明邊。夜投古寺衝泥人，濕薪燒作蟲聲泣。冷鵝
> 凍筆更成眠，也勝疎篷仰見天。市人歌呼作時節，詩人兩
> 膝高於頞。還家兒女問何如，明日此懷猶忍說。

紹興三十二年，作者時任零陵丞，殆因視旱催科等公事走他鄉〔註17〕，趕著除夕回家團圓，不料卻碰上天惡路艱，眞是吃足苦頭。江面的遼闊使冷風暢行無阻，嚴寒之甚連綿絮衣都無法抵禦，偏又下雨加添濕冷。船行離市集並不遠，惜因灘多岸少無法靠攏入市，而得以登岸處卻非人煙所在，只能在古寺冷屋凍壁中勉強度一晚，以「也勝疎篷仰見天」寬慰自己。眼看家家團圓的過年時節，詩人卻獨自在古寺中凍得身子都蜷曲起來。

再如《詩集》卷十六〈峽山寺竹枝詞〉：

> 峽裡撐船更不行，櫂郎相語改行程。卻從西岸拋東岸，依
> 舊船頭不可撐〔註18〕。

〔註15〕見《杜詩鏡銓》卷十三。

〔註16〕誠齋《詩集》卷二十。

〔註17〕誠齋詩集依寫作順序逐年編排，此詩之前有〈視旱遇雨〉、〈晚立普明寺門時已過立春去除夕三日爾將歸有嘆〉二詩，後一首有「催科不拙亦安出」一句，知作者殆爲視旱、催科等事出外。

〔註18〕此句四部叢刊本缺「可撐」二字，此據四部備要本補。

一水雙崖千萬縈，有天無地只心驚。無人打殺杜鵑子，雨
外飛來頭上聲。

龜魚到此總回頭，不但龜魚蟹亦愁。底事詩人輕老命，犯
灘衝石去韶州。(五首錄三)

淳熙七年，誠齋赴廣東常平茶鹽呈時，由北而南經過峽山，曾上岸遊
覽峽山寺，對峽山的風景讚不絕口：「只道眞陽天下稀，不知清遠亦
幽奇。攀崖下照龍湫水，細詠東坡老子詩。」(〈題清遠峽峽山寺〉二
首其一詩集內十五)。翌年，他從廣州北上之官韶州(廣東曲江)又
經此地，但上回順流今番逆水，才眞正領教到峽山的航程的艱苦。「櫂
郎相語改行程」側筆點出水勢湍急；官船笨大沉重，原靠風帆行駛，
而今賴篙撐渡，可見此時必是風也停了，更苦於峭壁千丈根本無縴道
可拉縴。連龜魚都不敢游過的山峽，詩人爲了到韶州上任，只有拼卻
老命衝石犯灘。東西兩岸水勢一樣緊急，船夫拼了命依舊無法使船移
動，又上岸不得，如此險象環生，不免令詩人「只心驚」。無奈杜鵑
飛來啼著「不如歸去」！怎不令詩人懊惱，好像連鳥兒也和他過不去，
只恨「無人打殺杜鵑子」。有些描寫水景的山水詩，誠齋常用這種「側
筆見態」的手法，通過道途艱辛的表白，巧妙傳達當地險峻湍急的水
景，可謂「情景交融」，如〈柴步灘〉、〈東磧灘〉、〈將至地黃灘〉、〈蘇
木灘〉、〈遼車灘〉(《詩集》卷二十四)等佳篇，都是這種筆法。

又如《詩集》卷三十四〈明發祈門悟法寺溪行險絕〉：

右緣絕壁左深溪，頭上春霖腳底泥。溪裡仰看應落膽，閉
聰關轎不教知。

一派泉從千丈崖，轟霆跳雪瀉將來。無論驚殺行人著，兩
岸諸峰震欲摧。

山不人煙水不橋，溪聲浩浩雨蕭蕭。何須雙鷺相溫暖，鷺
過還教轉寂寥。

溪行盡處卻穿山，忽有人家併有田。幸自驚心小寧貼，誤
看田水作深川。

> 山行政好又逢溪，況是危峰斗下時。知與此溪有何隙，遣
> 他不去祗相隨。
> 已是山寒更水寒，酸風苦雨併無端。詩人瘦骨無半把，一
> 任殘春料理看。

作者行走在絕險之地，「右緣絕壁左深溪，頭上春霖腳底泥」，更有「一泒泉從千丈崖，轟霆跳雪瀉將來」，已夠令人嚇破膽的，差點連田水都錯當成深川。所行之境渺無人煙，只有雙鷺總算添點生活氣息，一旦鷺鷥走過，只更顯得此地寂寞幽僻。危峰陡下後又逢溪川，詩人不禁發出「知與此溪有何隙？遣他不去祗相隨」的無賴語，在峭壁深溪、酸風苦雨爭相欺凌下，詩人也只有一任它自擺佈了。

此外，如〈過招賢渡〉（《詩集》卷八）、〈宿潭石步〉、〈小憩二龍爭珠蓋兩長嶺夾一圓峰故名自此出官路入山路云〉（《詩集》卷十三）、〈皇恐灘〉（卷十五）、〈過胥口江水大漲舟楫不進〉、〈回望黃巢磯之險心悸久之〉、〈過虎頭磯〉（卷十六）、〈過建封寺下連魚灘〉二首、〈過岑水〉（卷十七）諸詩，也道出了旅途的艱辛。

綜觀誠齋表現道途之艱辛，每借天候與自然山水的險峻陡峭為言，雖不直書其苦，而艱苦自現於目前。

二、詩人老病之情愁

誠齋是個胸襟透脫、樂觀開朗的詩人，曾謂「我本山水客，淡無軒冕情」、「江湖便是老生涯，佳處何妨且泊家」〔註19〕。然而隨著宦海浮沈，「長年商量泊船所」〔註20〕，有時不免感歎「一生行路便多愁，落得星星兩鬢秋」〔註21〕，諸多愁緒湧上心頭：

> 後面山無數，南頭柳更多。人家逼江岸，屋柱入滄波。老
> 去頻經此，重來更幾何。牛山動悲感，曾侍板輿過。（〈舟過

〔註19〕 分見《詩集》卷八〈明發陳公徑過摩舍那灘石峰下〉十首其六、〈舟泊吳江〉三首其二。

〔註20〕 見《詩集》卷一〈泊冷水浦〉。

〔註21〕 見《詩集》卷十三〈夜泊平望終夕不寐〉三首其三。

桐廬〉三首其三,《詩集》卷二十四)

相識橫山塔,于今十五年。孤標立絕頂,禿影照清川。寂
寞無山火,將迎幾舫船。吾衰豈重過,珍重塔中仙(〈橫山
塔〉,《詩集》卷二十四)

這兩首詩寫於淳熙十五年,誠齋時年六十二歲。數十年來往京師路,
不知經過桐廬、橫山凡幾。乾道三年誠齋曾上臨安獻千慮策,途中曾
寫下〈桐廬道中〉〔註22〕,當時正值壯年(四十一歲),意氣風發,
除因旅途勞頓歇腳外,倒是十分醉心四周景致;如今卻為力爭張浚配
享高宗廟祀杵孝宗而離開臨安〔註23〕,真是不可同日而語。此番離
京,不知何時再能蒙上器重重返廟堂,更何況一個衰颯的老人,更不
知是否等得到那一天?難怪面對熟識的山水會感歎不已了。儘管誠齋
在政治上遭受挫折,然而從這兩首詩看來,詞氣間毫無訐激牢騷之
氣,且舟過南蕩時還寫著:「秧纔束髮幼相依,麥已掀髯喜可知。笑
殺槿籬能耐事,東扶西倒野酕醄。」以及「淅山兩岸送歸艎,新擣春
藍淺染蒼。自汲江波供盥漱,清晨滿面落花香。」(〈洗面絕句〉)、「雨
裡船中不自由,無愁稚子亦成愁。看渠坐睡何曾醒,及至教眠卻掉頭。」
(〈嘲稚〉《詩集》卷二十四)等詩。顯示他自我調適力很強,絲毫不
執著於仕途的升沈與得失,表現出他曠達的個性及超脫的人生觀。或
許誠齋令人欽佩之處正在於此。

　　又如《詩集》卷二十六〈九月一日夜宿盈川市〉:

〔註22〕 詩云:「肩輿坐睡茶力短,野埠無文山路長。鴉鵲聲歡人不會,枇杷
　　　　一樹十分黃。」(《詩集》卷四)。
〔註23〕 《宋史》卷三十五〈孝宗本紀〉載「(淳熙十五年三月」癸丑用洪邁
　　　　議,以呂頤浩、趙鼎、韓世忠、張俊配饗高宗廟廷。吏部侍郎章森乞
　　　　用張浚、岳飛;秘書少監楊萬里乞用浚,皆不報。)卷四三三本傳云:
　　　　「高宗未葬,翰林學士洪邁不俟集議配饗,獨以呂頤浩等姓名上,萬
　　　　里上疏詆之,力言張浚當預,且謂邁無異指鹿為馬。孝宗疏不悅,曰:
　　　　萬里以朕為何如主!由是以直秘閣出知筠州。」宋史所載大抵是,唯
　　　　出知筠州,落直秘閣銜,到筠州任未久,朝廷才有〈再復直秘閣告詞〉。
　　　　關於此問題,于北山〈有關楊誠齋研究中的幾點問題‧宋史楊萬里傳
　　　　勘誤〉有詳證,可參考。見《中華文史論叢》1984 年 4 月。

　　下灘一日抵三程，到得盈川也發更。兩岸漁樵稍燈火，滿
　　江風露更波聲。

　　病身只合山間老，半世長懷客裏情。西畔大星如玉李，伴
　　人不睡向人明。

淳熙十六年二月，宋孝宗傳位太子惇，是爲光宗。光宗並未忘記當年
爲他講書的侍讀官——楊誠齋，八月又召他入京，這首詩便是寫於往
往臨安的途中。然而誠齋已是帶病的老叟，難免感歎他鄉行役而思念
起故園來，所謂「趨召豈不榮？何如還家樂。」「人生如風花，去來能
與爭？且隨風吹起，會當風自停。」（〈行役有歎〉《詩集》卷二十六）。

　　《誠齋集》中，又有道出鄉愁難當之詩，如：

　　嶺頭泉眼一涓流，南入虔州北吉州。只隔中間些子地，水
　　聲滴作兩鄉愁。

　　嶺北泉流分外忙，一聲一滴斷人腸。浪愁出卻廬陵界，未
　　入梅山總故鄉。（〈憩分水嶺望鄉〉）

　　梅山未到未教休，到得梅山始欲愁。知道望鄉看不見，也
　　須一步一回頭。

　　小立峰頭望故鄉，故鄉不見只蒼蒼。客心恨殺雲遮卻，不
　　道無雲即斷腸。（〈二月十九日度大庾題雲封寺〉四首其一及其二，
　　以上四首俱見《詩集》卷十五）

此四首詩作於淳熙七年，誠齋時赴廣州任途中。臥家逾半載，再次出
發，難免戀家不捨。詩人正入江西與廣東交界處，離家鄉是越來越遠
了。前兩首將泉流湍急聲與詩人濃烈的鄉愁交揉，並以未入梅山總故
鄉自我安慰。到了梅山已望不見故鄉，卻仍一步一回頭，甚至登峰欲
眺望，徒恨爲雲所遮。其實爲雲遮蔽，望不見也好，不想故鄉若可望
而不可即，豈不更令人斷腸。這種層次曲折的表現手法，更見詩人思
鄉之愁緒。

　　其他如〈春盡感興〉，道出「孤舟兀綠波」的羈旅情懷；〈明發平
坦市〉，以林廬居者之晏安，對比詩人征漂靡定，而引發懷鄉愁思（兩

首俱見《詩集》卷十三）；〈入玉山七里頭〉，道出作客他鄉之愁；〈宿蘭溪水驛前〉三首其一，以夜市燈火疏密與帆檣成雙，對比詩人的形隻影孤，拈出客愁（卷二十六）；〈阻風鄉口一日詰朝船進雨作再小泊雷江〉三首其一，以江邊衰柳象徵詩人的憔悴衰老（卷三十五）。

　　大抵這一類表現嘆老傷病、羈旅客愁的山水詩，多見於《西歸集》以後的詩集裡，乃誠齋五十三歲以後所作。誠齋嘗謂「老夫少時不信老，長笑老人恃年少」〔註24〕，可見意氣風發的少年人，是不易體會老病情懷的。而衰颯的老人長年飄泊嘆老傷病之餘，也不免要引發羈旅之客愁了。

三、仕宦羈縛之感歎

　　誠齋心境澄澈，胸懷灑落，有濟世之志，而無功利之心〔註25〕。甚至把仕宦比喻爲「金籠」，可謂貼切之至：

> 動地風來覺地浮，拍天浪起帶天流。無翻柳樹知何喜，拜殺蘆花未肯休。兩岸萬山如走馬，一帆千里送歸舟。出籠病鶴孤飛後，回首金籠始欲愁。（〈發趙屯得風宿楊林池是日行二百里〉，《詩集》卷三十五）

誠齋自喻爲病鶴，這時已建康任休官在返鄉的途中，回顧仕宦的生涯，覺得做官表面像「金」──是諸多士子夢寐以求的，實際不啻是牢籠罷了，羈縛纏身，不得自由自在。所以在誠齋的山水詩裡可以發現一些因仕宦羈縛萌生的感歎：

> 村北村南水響齊，巷頭巷尾樹陰低。青山自負無塵色，盡日殷勤照碧溪。（〈玉山道中〉，《詩集》卷八）

淳熙元年春返吉水後，誠齋因病家居三年，而今（淳熙四年）爲之官毗陵，又得奔波道途間，實在滿心不願。想像青山笑人出仕，自負無塵色而「盡日殷照碧溪」，何等示傲！詩人不免也自慚形穢了。

　　又如《詩集》卷〈曉泊蘭溪〉：

〔註24〕　《詩集》卷二十〈行路難〉五首其二。
〔註25〕　見本論文第二章。

> 金華山高九天半，夜雪裝成珠玉案。蘭溪水清千頃強，朔
> 風凍作瑠璃釭。月光雪光兩相射，病眼看來忘南北。恨身
> 不如波上鷗，腳指爲楫身爲舟。恨身不如沙上鷹，蘆花作
> 家梅作伴。

淳熙十一年十月，誠齋除喪〔註26〕，十一月除尚書吏部員外郎，再次踏上進京之路，身受仕宦覊縛，見到鷗雁的自在清閒，對比映襯，羨煞之餘，不免若有所失。

再如詩集入二十四〈過楊村〉：

> 石橋兩畔好人煙，匹似諸村別一川。楊柳陰中新酒店，蒲
> 萄架底小漁船。紅紅白白花臨水，碧碧黃黃麥際天。政爾
> 清和還在道，爲誰辛苦不歸田。

此詩係淳熙十五年誠齋棄官請祠返里途中所作〔註27〕。詩人一路來到楊村這個好地方，楊柳陰中的新酒店，蒲萄架底的小漁船，以及一望無際碧黃的麥子，無不使人著迷。正當如此清煦和暖的好時節，奈何還在旅途中奔走。勞逸對襯，感慨繫之矣！

又如《詩集》卷三十二〈過謝家灣〉：

> 行盡牛蹊兔逕中，忽逢平野四連空。意隨白鷺一雙去，眼
> 過青山千萬重。近嶺已看看遠嶺，連峰不愛愛孤峰。一丘
> 一岳知何意，疎盡官人著牧童。

此詩係紹熙二年，誠齋在建康任，巡行所轄各地時所作。詩人來到謝家灣，忽逢曠野四望，地與天連，青山連嶺的幽美景色，不免感慨職務纏身，不得長駐悠遊。詩中故意以反語埋怨山水，總把做官的疎遠了，而只許牧童在裡面享受佳景，更見出官人對野人閒適自在生活的欣羨！又如：

> 荻岸何時了？松舟幾日亭？波來全蜀白，樹去兩淮青。柔
> 櫓殊清響，征人自厭聽。不知誰子醉，垂手瞰江亭。（〈發楊
> 港渡入交石夾〉四首其四，《詩集》卷三十五）

〔註26〕淳熙九年七月誠齋繼母羅氏卒，誠齋解官居喪廢詩。
〔註27〕見本節二、詩人老病之情愁註23。

行船的搖櫓聲雖然十分清響，但在詩人聽來只覺厭煩，復以俯瞰江亭的閑身醉人，對比自己奔波勞碌的仕宦官身，仕宦羈縛的感歎，自然盡在不言中。

此外，嘗試考察〈曉過皂口嶺〉、〈三月晦日游越王臺〉二首其二（《詩集》卷十五）、〈明發陳公徑過摩舍那灘石峰下〉十首其七（卷十三）、〈過章戴岸〉（卷二十六）諸什，也能一窺作者喟歎行役及仕宦羈縛的心聲。

從陶淵明〈歸去來辭〉以下，士大夫仕宦之羈縛感，可謂無代無之。吾人由誠齋這些詩例，可略窺陶淵明之風為宋人歸隱之典範。對於隱逸，誠齋基本上持反對論，他曾站在儒家積極入世的立場，嚴厲批評高蹈自命的隱士，詩云：「客星何補漢中興，空有清風冷似冰。早遣阿瞞移漢鼎，人間何處有嚴陵。」〔註28〕意謂國家危急存亡之秋，書生當勠力為國，不應自命清高躲入山澤林野。然而誠齋一方面又羨慕野人活適自在的生活，殆受宋代隱逸風氣的影響。宋代一方面承襲五代的隱逸遺風；加上大批沒有出仕機會，閑散在社會上，以處士終老的知識份子，是醞成宋代隱風熾盛的社會基礎；宋代君主一般待隱士優渥。這種種因素促成宋代隱風熾烈，有些閑官就過著類似隱士的隱居生活。宋代隱逸生活不以清高孤介為正宗，卻更接近普通人，追求舒適自在〔註29〕。誠齋一方面有著強烈的事功理想，這是積極的人生觀；一方面又受時代風尚制約。無意中流露出對閑適生活的嚮往。這一矛盾現象，除可以由其心性澄澈透脫〔註30〕，深黯進退出處之道，來解釋外，又再次反映宋人雙重人格的表現，意味著即使是有著強烈的事功理想、倫理抱負的士大夫，也不得不對超現實、超功利，具無限韻味和意趣的審美境界，採行自然認同的態度〔註31〕。

〔註28〕 見《詩集》卷八〈讀嚴子陵傳〉。
〔註29〕 參見劉文剛〈論宋代的隱逸〉，《國際宋代文化研討會論文集》，四川大學古籍整理研究所，1991 年 8 月。
〔註30〕 參見本論文第二章。
〔註31〕 參見周來祥、儀平策〈論宋代審美文化的雙重模態〉，《文學遺產》，

綜合上述，可以得知，誠齋雖在詩中流露宦程之苦，因老病奔走道途，不免歎老傷病，顯露思鄉愁情；然因自我調適力極強，故表現在山水詩中，不出以怨激的愁腸，卻只是心緒的聊發罷了，這正是宋人內斂自省的精神表現，宋詩揚棄悲哀走向樂觀的特色。同時，誠齋絕無遷貶的惆悵，反而有仕宦羈縛的感歎，這也證明誠齋不眷戀功名利祿，胸懷灑落而不執著不黏滯。

第三節　家居官舍　休閒遊賞

在前文中，筆者曾談到南宋比起前代，詩歌美學主題更傾向於日常生活細節，及便捷生活感受的描寫。打開陸游、范成大等名家詩集，由詩題即可看出一幕幕實在、細屑的生活圖景，比蘇軾、黃庭堅尤有過之。就山水詩創作領域而言，誠齋更是醉心此調，吾人觀其山水詩中，不乏札記家居生活、官舍休閒情趣、登覽遊賞之樂等瑣事，即可證明。茲分述如下：

一、家居之生活瑣記

誠齋描寫家居生活的山水詩如：

> 竹深草長綠真真，有路如無又斷行。風亦恐吾愁寺遠，慇勳隔雨送鐘聲。（〈彥通叔祖約游雲水寺〉二首）
>
> 出門著雨不能歸，借得青蓑著片時。春染萬花知了未，雲偷千嶂忽何之。
>
> 卻是春殘景更佳，詩人須記許生涯。平田漲綠村村麥，嫩水浮紅岸岸花。（〈三月三日雨作遣悶十絕句〉其二、其十）
>
> 溪影明霞新月底，水聲亂石嫩沙間。欲歸小為魚兒住，更看跳波玉一環。（〈南溪暮立〉，以上俱見《詩集》卷三）

隆興二年八月至乾道二年冬，誠齋丁父憂而家居吉水，這四首詩乃乾道元年、二年，詩人家居生活的素描。除和彥通叔祖到雲水寺散心外，

1990 年 2 月。

偶而也獨自出門遣悶。竹深草綠、鐘聲殷殷的雲水寺；春染萬花、雲
偷千嶂、平田綠麥、嫩水紅花的晚春佳景；明霞新月、魚兒跳水戲珠
的南溪暮景，在在令詩人心動不已。又如〈秋日晚望〉：

> 村落豐登裡，人家笑語聲。溪霞晚紅濕，松日暮黃輕。只
> 麼秋殊淺，如何氣許清。不應久閑散，便去羨功名。(《詩集》
> 卷五)

詩人描寫溪霞映紅，夕陽松梢，從清朗的空氣中傳來農家豐收的笑語
聲，這種可愛的鄉居生活，令詩人不禁發出「不應久閑散，便去羨功
名」的心聲。其他如〈除夕前一日絕〉，記家鄉雪留遠嶺、雲漏斜陽
一線黃的景致；〈己丑上元後晚望〉，記病骨晚望遣愁(《詩集》卷五)；
〈初夏三絕句〉記新筍冒出、日暮閑數，及麥黃秧碧、松裡雲深的鄉
居情致 (卷六)，以上諸篇，則為乾道五年家居所作。

　　淳熙元年至四年間，誠齋因病家居三年，也寫下〈飯罷登山〉、〈晚
步南溪弄水〉、〈小池〉、〈晚步〉、(《詩集》卷七) 諸篇居山水詩。光
宗紹熙三年九月誠齋又回到故里，這次開始了他的退休生活，自闢東
園，鑿作小池，起造假山，開了九條小徑，取名「三三徑」，每徑各
植花木一種 [註32]，從此日日盤桓其中，飲酒賦詩，前後十五年，至
寧宗開禧二年逝世。這十多年裡所寫的詩，後來編為〈退休集〉，內
容大多描寫他的閑適生活，及家鄉風景。或因年邁體衰，或因生活面
狹窄，這時期真正算得上是山水詩的並不多，質的方面亦大不如前，
但還是可以找出一些佳作，如：

> 人入溪園自掩門，溪流新落兩三痕。杖藜紫菊霜風徑，送
> 眼丹楓夕照村。行住忽然忘近遠，陰晴未肯定寒暄。多時
> 不出今聊出，牧子樵兒一笑喧。(〈與侯子雲溪上晚步〉,《詩集》
> 卷三十七)

[註32] 見《詩集》卷三十六〈癸丑正月新開東園〉：「長恨無錢買好園，好
　　　園還在屋東邊。周遭旋闢三三徑，只怕芒鞋卻費錢。」又〈三三徑〉
　　　序：「東園新開九徑：江梅、海棠、桃、李、橘、杏、紅梅、碧桃、
　　　芙蓉，九種花木各植一徑，命曰三三徑云。」

還家五度見春容，長被春容惱病翁。高柳下來垂處綠，小桃
上去末梢紅。卷簾亭館酣酣日，放杖溪山款款風。更入新年
足新雨，去年未當好時豐。(〈南溪早春〉，《詩集》卷三十八)

至後寒梅未苦繁，臘前暖蝶已偷還。隔林日射池光動，碎卻
池中倒影山。(〈至後入城道中雜興〉十首其一，《詩集》卷四十一)

描寫杖藜晚步南溪，「牧子樵兒一笑喧」，傳達出誠齋平易近人的退休
生活寫照。同時描寫丹楓夕照、柳綠桃紅的早春景色，將他家鄉的風
景寫的十分迷人。而第三首則寫因事入城，道途中所見寒梅暖蝶的驚
喜，隔林日射的池光波動，使得池中倒影山峰彷彿被撕碎般。

　　觀誠齋家居山水詩，可見其恬淡自適生活之一斑。詩格足以反映
其人格，由此亦信。

二、官舍之休閒情趣

　　淳熙四年春，誠齋之官毗陵（常州）。夏，來到常州任知州。做
個地方官，時而出郊勸農，也免不了「敲榜索租錢」，更常被「簿書
繞了晚衙催」所累，還得送迎過路的宋、金使者〔註33〕。幸好沒有重
大的災荒令誠齋煩憂，更遠離朝廷內政治鬥爭圈，加上常州水秀山
麗，州衙內又有雅緻的園林亭榭可供休憩，因此，這時期誠齋的生活
算是比較安定愜意的。在《荊溪集》裡有不少反映這段時間官舍休閒
情趣的山水詩：

欲問紅蕖幾朵開，忽驚浴罷夕陽催。也知今夕來差晚，猶
勝窮忙不到來。(〈暮立荷橋〉，《詩集》卷八)

郡池六月水方生，便有新荷貼水輕。雨後獨來無箇事，閒
聽啼鳥語昇平。(〈雨足曉立郡圃荷橋〉)

池似平鋪綠錦橫，荷花為緯藻為輕。無端織出詩人像，獨
立飛橋摘斗星。(〈荷橋暮坐〉三首其二)

────────────────

〔註33〕《詩集》卷八有〈二月望日勸農既歸散策郡圃〉詩；卷九〈聞一二
故人相繼而逝感歎書懷〉：「我來荊溪上，敲榜索租錢」；卷十〈晚登
淨遠亭〉二首其二：「簿書繞了晚衙催」；另有〈迓使客夜歸〉詩。

碧玉山邊白鳥鳴，綠楊風裡翠荷聲。草花蹈碎教人惜，爲
勒芒鞋款款行。（〈曉坐荷橋〉四首其三，以上三首俱見《詩集》
卷九）

荊溪「勝處是荷橋」〔註34〕，誠齋幾乎每夕必到荷橋報到，「吏散庭
空便悄然，不須休日始偷閑」〔註35〕，何況荷橋有紅蕖菡萏、綠楊池
藻，曉雨池漲、暮陽催人，這般幽美的景致。無論獨立荷橋摘斗星，
或閑聽鳥鳴、翠荷因風而動的聲音，皆令誠齋著迷。

再如〈雨後晚步郡圃〉：

盡舫鳴鉦野寺鐘，暮聲驚破翠煙重。好風不解藏天巧，雕
碎孤雲作數峰。風勒歸雲帶雨回，不容老子小徘徊。撥忙
也到池亭上，昨日卷荷今盡開。（《詩集》卷九）

可見他的耽味山水花草，已是生活中不可缺少的調劑了。無論身處何
時何地——即使公務繁忙，也得設法忙裡偷閑，或靜坐荷橋，或到官
衙後園散步，凝聽野寺黃昏鐘聲，仰望翠煙孤雲之變幻。時而登淨遠
亭、多稼亭眺望賞景，如〈登淨遠亭〉、〈淨遠亭晚望〉、〈淨遠亭午望〉
二首（《詩集》卷八）、〈曉登多稼亭〉三首、〈登多稼亭曉望〉、〈午熱
登多稼亭〉五首（卷九）、〈曉坐多稼亭〉、〈晚登淨遠亭〉（卷十）、〈朝
飯罷登淨遠亭〉、〈郡圃殘雪〉三首（卷十一）諸什，皆有此意。

淳熙十五年秋，誠齋來到筠州上任，儘管仕途多舛〔註36〕，他
對個人的進退卻不十分掛懷，仍能於公餘休閑自適：

荷山非不高，城裡自不見，一登碧落堂，山色正對面。如
人臥平地，躍起立天半。指揮出伏兵，萬騎橫隔岸。後乘
來未已，前驅瞻已遠。晨光到巖岳，人物俱蒨絢。綠屏紛
開闔，翠旗閃舒卷。安得垂天虹，橋虛度雲巘。老鈴偶報

〔註34〕《詩集》卷十〈荷橋〉：「橋壓荷梢過，花圍橋外饒。荊溪無勝處，
勝處是荷橋。」又荊溪爲水名，在宜興，以此代指常州，見周汝昌
《楊萬里選集》頁77。

〔註35〕《詩集》卷九〈苦熱登多稼亭〉二首其二。

〔註36〕是年三月，誠齋因力爭張浚配饗高宗廟祀杵孝宗，而自求補外，即
出知筠州（江西高安）。

事，郡庭集賓贊。忽忽換山巾，默默下林坡。(〈碧落堂曉望荷山〉，《詩集》卷二十五)

此詩寫遠望群山，別開生面，饒富異彩。詩人以動態的筆觸描摹荷山的變幻——一峰聳峙，宛若一軍主帥，氣宇軒昂；群峰攢簇，則似萬騎橫列蓄勢待發。當旭日晨光照在山石樹木上時，彷彿騎士們神采顧盼，旗幟在閃動。就詩要求結構謹嚴的藝術角度而言，這首詩開頭和結尾的贅筆是美中不足之處，然而這正是誠齋把山水當作仕宦生涯調劑品的又一例證。詩人清早就上郡署內的碧落堂觀賞荷山的晨景，直到役卒稟報衙門已齊聚眾人，等候參見他辦公事，這才「忽忽換山巾，默默下林坡」，準備開始一天的辦公。其他如〈郡圃上巳〉二首其一、〈碧落堂暮景轆轤體〉、〈雨後曉登碧落堂〉、〈碧落堂晚望〉、〈中元日曉登碧落堂望南北山二首〉(《詩集》卷二十五) 諸篇，也寫出了筠州官衙風景的秀麗，與詩人官舍休閒的情趣。

　　由以上詩作考察，誠齋描寫官舍休閒情趣的山水詩，幾乎多見於《荊溪集》以後的詩集裡，殆與常州覺悟後，創作態度轉變有關。蓋常州覺悟後，由學習詩法轉向當下把握詩興創作〔註37〕，往往就眼前風物點出晴光，於模山範水中拈出官舍休閒的情趣，為其主體技法。

三、登覽遊賞之遣興

　　誠齋性好山水，旅途中只要碰上風景幽美的佳境，必不放過登覽遊賞的機會，如〈至鷓鴣洞〉(《詩集》卷五)、〈登烏石寺〉(卷六)、〈泊船百花洲登姑蘇臺〉(卷十三)、〈登南州奇觀前臨大江浮橋江心起三百臺皆有亭子〉、〈登大鞋嶺望大海〉、〈題南海東廟〉(卷十八)、〈登鳳凰臺〉(卷三十一)、〈登牛渚蛾眉亭〉二首 (卷三十三)、〈登奉聖寺千佛閣〉四首 (卷三十四) 諸什，都是在此種機緣下寫作的山水詩。

　　公餘，除常在官衙後園休憩外，偶亦不忘尋幽訪勝，如《詩集》卷二十一〈人日出游湖上〉十首：

―――――――――――――

〔註37〕見本論文第四章第三節。

放閘冷泉亭，抽動一天碧。平地跳雪山，晴空下霹靂。

去時數點雨，歸時數片雪。雨雪兩不多，山路雙清絕。

舊臘緣多雪，新年未有梅。懃懃下天竺，隔水兩株開。

肩輿豈不穩，萬象非我有。呼童換馬來，湖山落吾手。

樹隱重重竹，溪穿曲曲峰。林深那有寺，煙遠忽聞鐘。

城中雪一尺，山中雪一丈。地上都已消，卻在松梢上。

去歲游春展，苔痕故可尋。人家隨岸遠，塔影落湖深。

客愛清殊絕，僧愁凍不勝。可憐兜率寺，齋供一湖冰。

上竺雪來時，四山都作凍。團團玉屏風，圍繞渾無縫。

此行殊忽忽，天色不肯借。更待海棠晴，滿意孤山下。

詩境道出游湖的情形，西湖之勝景如冷泉天碧、山路雨雪、隔水臘梅、湖山走馬、深溪聞鍾、松梢殘雪、深湖塔影、湖水齋供、玉屏雪凍、孤山望晴等等，經誠齋妙筆，都盡現於紙上。第四首更寫出了豪邁之氣。其他如〈中秋前一夕雨中登雙溪疊嶂已而月出〉二首（《詩集》卷三十三），寫雙溪月出萬峰之美，亦為佳構。

在京師為官期間，誠齋常與同僚或詩社中諸友遊西遊，在描寫這一類山水詩時，他總是在詩題中就交代清楚，而內容上更是詳盡遊賞的經過，並極盡模山範水之能事，有六朝山水詩「巧構形似」之勝。如《詩集》卷二〈同君俞季永步至普濟寺晚泛西湖以歸得四絕句〉：

閣日微陰不礙晴，杖藜小倦且須行。湖山有意留儂款，約束疎鐘未要聲。

煙艇橫斜柳港灣，雲山出沒柳行間。登山得似遊湖好，卻是湖心看盡山。

西湖雖老為人容，不必花時十里紅。卷取郭熙真水墨，枯荷折葦小霜風。

曲曲都城繚翠微，鱗鱗湖浪動斜暉。天寒日暮游人少，兩岸輕舟星散歸。

誠齋與君俞、季永於黃昏時泛舟西湖，雖天色微陰，西湖之美麗卻了

然無所遮掩。且湖山似乎有意留人住，叮囑晚鐘且慢響〔註38〕。其他如湖心看山、斜暉輕舟、十里紅花，皆有郭熙水墨山水畫之眞意，所謂「江山如畫」者，差堪比擬。再如《詩集》卷十九〈大司成顏幾聖率同舍招游裴園泛舟繞孤山賞荷花晚泊玉壺得十絕句〉：

> 鳳城魚鑰曉開銀，國子先生領搢紳。山水光中金鑿落，芙蕖香裡葛頭巾。

> 少步深登野寺幽，古松將影入茶甌。鈴聲忽起九天半，有塔危鋒最上頭。

> 岸岸園亭傍水濱，裴園飛入水心橫。旁人草問游何許，只揀荷花鬧處行。

> 船開便與世塵疎，飄若乘風度太虛。坐上偶然遺餅餌，波間無數出龜魚。

> 西湖舊屬野人家，今屬天家不屬他。水月亭前且楊柳，集芳園下儘荷花。

> 小泛西湖六月船，船中人即水中仙。外鋪雲錦千弓地，中度瑠璃百摺天。

> 城中擔上買蓮房，未抵西湖泛野航。旋折荷花剝蓮子，露爲風味月爲香。

> 故人京尹劇風流，走送廚珍佐勝游。青李來禽沈冰雪，黃金白璧斫蝤蛑。

> 人間暑氣正如炊，上了湖船便不知。湖上四時無不好，就中最說藕花時。

> 游盡西湖賞盡蓮，玉壺落日泊樓船。莫嫌當處荷花少，剩展湖光幾鏡天。

裴園、玉壺皆西湖地名。此組詩始敘大司成顏幾聖率搢紳同遊西湖，再娓娓細說山光水色、芙蕖傳香；野寺古松、塔峰鈴聲；傍水園亭、

〔註38〕古時打晚鐘後城門即下鑰，不得通行。參見周汝昌《楊萬里選集》頁31。

荷花鬧處；乘風破浪、魚龜數出；裴園荷花、玉壺落日等西湖勝景。
詩中並述泛舟似瑠璃的湖上，彷彿置身水中仙境。除有湖光山色可賞
外，又有蓮子及廚珍可佐勝遊，豈非人間一大樂事？詩人賞樂之餘，
也隱諷如此人間勝地，竟為少數貴族豪強所佔有，平民百姓無緣觀
賞。除外，如〈同岳大用甫撫幹雪後遊西湖早飯顯明寺步至四聖觀訪
林和靖故居觀鶴聽琴得四絕句時去除夕二日〉（《詩集》卷二），寫遊
西湖，並訪林逋故居觀鶴聽琴；〈沈虞卿祕監招游西湖〉寫堤柳生煙、
深竹芰荷的西湖景致（卷十九）；〈寒食雨中同舍約游天竺得十六絕句
呈陸務觀〉（卷二十）、〈上巳同沈虞卿尤延之王順伯林景思遊湖上得
十絕句呈同社〉（卷二十二）、〈庚戌正月三約同舍遊西湖〉（卷二十八）
諸詩，由詩題皆可看出誠齋常與同僚，或詩社友人遊湖賞景，這正是
宋人鍾情山水的反映。

　　綜上所述，誠齋描述「家居官舍、休閒遊賞」的山水詩，乃就
眼前風物點出晴光，已把大自然視為生活中不可缺少的調劑品。這
種「居必登樓升閣，游目騁懷；仕則聚朋邀友，四時遨遊」的生活
方式〔註39〕，正是宋人對大自然一往情深的見證。

第四節　　眷懷故土　感憤國事

　　誠齋詩集裏反映愛國思想的山水詩，幾乎都集中在《朝天續集》
中，寫作時間為淳熙十六年冬至紹熙元年春。此時，誠齋被任命為借
煥章閣學士接伴金國賀正旦使，迎送和陪伴金國來南宋祝賀元旦的使
者。「金使南來，常兼負窺探虛實的任務，盛氣凌辱，敲詐勒索的事
件也時有發生，沿途州縣忙於接待，苦不堪言」〔註40〕。誠齋對金人
的態度是主戰的〔註41〕，卻擔任接伴敵國使節的任務，對他而言，這

〔註39〕引章尚正〈宋代山水詞的文化審視〉語。
〔註40〕見周啟成《楊萬里和誠齋體》頁64。
〔註41〕見本論文第四章第一節。

該是多尷尬的差事！迎送的路線南起臨安，經運河、長江，北到淮河，正是昔日南北交鋒的戰場，爲今日南宋的最前哨。觸景生情，能不黯然？由於誠齋的憂國感受，特別深沈，所以寫下的這一系列愛國詩，大多沈鬱含蓄，字面上毫無劍拔弩張之語，必細細品味，方能體會個中深長的意味，以及詩人一顆激烈血性的心。茲分失國陷土之悲憤、朝紳晏安之諷議、媚敵苟安之深痛、撫今追昔之感慨四端，論述如下：

一、失國陷土之悲憤

紹興十一年十二月，宋高宗和秦檜合謀殺山岳飛，百般屈辱地與金人媾和，翌年簽訂割唐、鄧二州，以淮水中流爲界的和約。此後，淮河就成了宋、金國的分界線。淳熙十六年，誠齋在此執行外交任務，接待金人，看著悠悠的淮水，激起國土日蹙和國勢積弱不振的悲憤情懷：

> 船離洪澤岸頭沙，人到淮河意不佳。何必桑乾方是遠，中流以北即天涯。

> 劉岳張韓宣國威，趙張二相築皇基。長淮咫尺分南北，淚濕秋風欲怨誰。

> 兩岸舟船各背馳，波浪交涉亦難爲。只餘鷗鷺無拘管，北去南來自在飛。

> 中原父老莫空談，逢著王人訴不堪。卻是歸鴻不能語，一年一度到江南。（〈初入淮河四絕句〉，《詩集》卷二十七）

第一首詩說一到淮河，詩人情緒惡劣，想著只要越過淮水中分線北面一步，就是敵國的領土了，以桑乾河和淮河連比，凸顯宋朝疆域的縮減，語極沈痛。第二首從國勢現況回想劉錡、岳飛、韓世忠、張俊〔註42〕等南宋初期抗金殺敵的愛國名將，以及趙鼎和張浚兩位

〔註42〕　《宋史》卷三六九張俊傳：「南渡後，俊握兵最早，屢立戰功，與韓世忠，劉錡、岳飛並爲名將，世稱張韓劉岳。然濠壽之役，俊與錡有隙，獨以楊沂中爲腹心，故有濠梁之劫。岳飛冤獄，韓世忠救之，俊獨助檜成其事，心術之殊也，遠哉！」俊後阿附秦檜，實不足取。不過，誠齋此詩乃緬懷開國之氣盛，對比而今之衰颯！

名相，他們外能發國威，內可安穩國基，當年若能堅守抗戰原則乘
勝追擊，恢復中原並非無希望；而今「長淮咫尺分南北」的局面又
該歸罪於誰呢？言下暗斥高宗及秦檜的專權誤國。三、四首筆勢宕
開，敘述眼前景物並寄託感慨。誰說以淮水中流為宋、金國界分線，
但是兩國的船隻行走河面上，波痕交叉分合，如何清楚地劃分南北
呢？但羨鷗鷺之無拘管，以反襯現實之多管束。遺民父老遇著出使
金國的宋使，面訴亡國生活之不堪，想必飽受欺壓與蹂躪，空談這
些又奈何？只有鷗鷺能北去南來自在飛，更不如南歸鴻雁，一年尚
可一度到江南享受祖國溫暖。弦外之音，似乎抨擊當局苟且晏安，
對於主和派早已不思北伐復國的退縮心態，不惜口誅筆伐。

又如：

> 第一山頭第一亭，聞名未到負平生。不因王事略小出，那
> 得高人同此行。萬里中原青未了，半篙淮水碧無情。登臨
> 不覺風煙暮，腸斷漁燈隔岸明。

> 建隆家業大於天，慶曆春風一萬年。廊廟謀謨出童蔡，笑
> 談京洛博幽燕。白溝舊在鴻溝外，易水今移淮水前。川后
> 年來世情了，一波分護兩涯船。（〈題盱眙軍東南第一山〉，《詩
> 集》卷二十七）

盱眙位於淮河南岸，是宋金使節往來必經之路，「東南第一山」乃因
大書法家米芾題詩而得名，凡過盱眙者例遊第一山〔註43〕。此組詩開
頭兩句就意味盱眙軍東南第一山的不尋常，緊接著申明若非受命接待
金國使臣，怎能來到這個最前線的要地呢？望中萬里故土青青遼闊，
然而碧綠的淮水卻無情地不容宋人越雷池一步，暮靄蒼茫的晚風裡，
從盱眙東南第一山北眺，淮河北岸通明的漁火令詩人腸斷心傷。詩人

〔註43〕 〈苕溪漁隱叢話後集〉卷三十五：「淮北之地平夷，自京師至汴口並
　　　　無山，惟隔淮方有南山，米元章名其山為第一山，有詩云：『京洛風
　　　　塵千里還，船頭出沒翠屏間。莫能衡霍撞星斗，且是東南第一山。』」
　　　　又《齊東野語》卷十二：「時聘使往來旁午于道，凡過盱眙，例游第
　　　　一山，酌玻璃泉，題詩石壁，以紀歲月，遂成故事。鐫刻題名幾滿。」

腸斷心傷的是什麼？雖沒明說，但回顧〈初入淮河〉其三、四，詩人想著彼岸的遺民該會有多少苦難不堪要向親人訴說，卻被無情的淮水阻隔。而南岸的宋人早已滿足現狀，又怎會有心聽他們訴苦，更遑論去拯救他們了。望淮北、念故土，再看南方，怎不令詩人腸斷心傷呢？第二道開始歌頌太祖結束五代紛亂割據的局面，建立統一的宋朝，開國年號為「建隆」，以及仁宗慶曆年間的政治清明，國力鼎盛。筆法精簡凝煉，企圖喚起愛國之情思。頷聯筆鋒陡轉，指出童貫、蔡京的誤國罪行〔註44〕，若與首聯對照，仔細咀嚼，似有指桑罵槐的意味——暗示徽宗的昏瞶無能，守不住祖先的「產業」，丟了大片江山。當年宋遼的分界線白溝河在鴻溝以外，而今宋和金的分界線卻南移至淮河，國土日削，如江河日下，情將何以堪！

　　望著大片淪為敵國疆土的故國河山，想著南宋朝野戀棧苟安無心北伐，誠齋心中真是無限悲憤，「望中白處日爭明，個是淮河凍作冰。此去中原三里許，一條玉帶界天橫。」（〈登楚州城〉《詩集》卷二十七）故國山河可望卻不可即，該是多殘酷的政治現實！「萬頃湖光一片春，何須割破損天真。卻將葑草分疆界，葑外垂楊屬別人。」〔註45〕其中有多少的弦外之音？〈江天暮景有歎〉二首其二（《詩集》卷三十三）藉景寄情，語意深長〔註46〕，無不是失國陷土的悲憤。

〔註44〕遼為金所困時，正值宋徽宗重用蔡京、童貫，政事不振。政和初，童貫使遼，遼有大族馬植，夜見貫侍史，自言有滅燕策，因得謁童貫，與語，奇之，乃載與歸。言女真恨遼人切骨，遼主天祚荒淫無道，宋若遣使自登萊涉海結好女真，與之相約攻遼，其國可圖。徽宗嘉納之，賜姓趙。而蔡京、童貫亦好大喜功，遂有圖燕之議。（參見《宋史》卷四七二趙良嗣傳）誠齋乃追論童、蔡罪行，欲為當前借鏡。

〔註45〕詩見《詩集》卷二十〈寒食雨中同舍約游天竺得十六絕句〉其十五。《宋史》卷三三八蘇軾傳：「湖水（指西湖）多葑，自唐及錢氏，歲輒浚治。宋興，廢之，葑積為田。水無幾矣。……（軾）又取葑田積湖中南北徑三十里為長堤，以通行者。……堤成，植芙蓉楊柳其上，望之如畫圖，杭人名曰蘇公堤。」此詩借蘇堤隱刺南宋朝廷將半壁江山拱手與金人。

〔註46〕詩云：「一鶩南飛道偶然，忽然百百復千千。江淮總屬天家管，不肯

二、朝紳晏安之諷議

　　對於國土日削，國勢日蹙，士大夫卻一味苟安，不思圖強的心理，《誠齋集》中多有諷議，如《詩集》卷二十七〈曉泊丹陽館〉：

　　　夕凍朝還積，寒曦暖未多。霜輕猶著草，冰重亦浮河。山
　　　盡酣餘勢，潮歸殿去波。六朝遺跡在，故老尚傳麼？

丹陽館在今江蘇省鎮江市附近，是專門接待金使的地方，誠齋因接伴金國賀正旦使而來此。鎮江是建康（今南京）的衛星重鎮，六朝均建都於建康，所以鎮江也有不少的遺蹟，面對江山形勢和六朝遺蹟，誠齋不禁感歎國勢日非，朝廷內還有忠肝赤膽，鞠躬盡瘁的文武賢材嗎？借古諷今，寓意深遠。又如：

　　　祇有清霜凍太空，更無半點荻花風。天開雲霧東南碧，日
　　　射波濤上下紅。千載英雄鴻去外，六朝形勝雪晴中。攜瓶
　　　自汲江心水，要試煎茶第一功。

　　　天將天塹護吳天，不數殽函百二關。萬里銀河瀉瓊海，一雙
　　　玉塔表金山。旌旗隔岸淮南近，鼓角吹霜塞北閒。多謝江神
　　　風色好，滄波千頃片時間。（〈過楊子江〉二首，《詩集》卷二十七）

通過眼前楊子江雄偉氣象的描寫，誠齋再度表達了關心國事的胸懷。清晨的楊子江上雖流霜寒氣猶在，但是風平荻靜。之後霧散雲開天色澄碧，旭日昇照射波濤上下通紅。昔日的六朝名將相如飛鴻一去消失雲外，邈然難追，只餘山川名勝映著霽雪晴空。字面意思大抵如此，然若與誠齋一系列愛國詩篇合看，再深究其味外之旨，實是借古諷今，喻意深切。楊子江畔乃六朝故都所在，南宋的偏安江南豈不大類南朝，但「六朝未可輕嘲謗，王謝諸賢不偶然」〔註47〕，而今的南宋朝廷是否也有如王謝般的諸賢呢？當年力主抗金的名將良相劉岳張韓趙〔註48〕，是否也「英雄鴻去外」不復再現？第二首前兩聯先極力

　　　營巢向北邊。」以白鷺南飛，喻北方流民對祖國的嚮往。
〔註47〕〈舟過楊子橋遠望〉參閱本論文第六章第二節，三、「詞微意深，委
　　　婉多諷」論述。
〔註48〕見本節一、「失國陷土之悲憤」釋〈初入淮河〉。

稱說長江天塹勝過殽函之固，但是國之盛衰眞可憑恃險要嗎？〈望楚州新城〉一詩中，誠齋稱道重建新城加強國防是長策，此外仍不夠〔註49〕；〈雪霽曉登金山〉也表達了這樣的思想〔註50〕；而〈舟過楊子江遠望〉即明確指出國之盛衰主賴良將賢相。本詩尾聯表面上客觀描寫江上宏闊的景緻，實與第一首前兩聯相結合，感慨深遠——南宋眼前「風平浪靜」，但是若是不力圖振作警醒，後果實不堪設想。誠如周汝昌所言：「表面是感謝江神，慶幸渡江很快當，可是假如敵兵來渡，只要『風色』一好，照樣也是『滄波千頃片時間。』」（《楊萬里選集》）這又推翻了前面長江天塹之固的稱說，隱諷南宋的危弱不振與紙醉金迷。「以表面壯闊超曠之筆而暗寓其憂國慮敵的夙懷，婉而多諷，微而愈顯，感慨實深。」（周汝昌語）至此就可理解「攜瓶自汲江心水，要試煎茶第一功」是何等沈痛語，無能揮戈復國，在此烹茶接待金使，如今也算是「第一等功勛」了〔註51〕，又是何等諷刺！

再如《詩集》卷三十一〈新亭送客〉：

> 六朝豈是乏勳賢，爲底京師不晏然，柏壁置人添一笑，楚囚對泣〔註52〕後千年。鍾山喚客長南望，江水留人懶北還。強管興亡談不盡，枉教吟殺夕陽蟬。

〔註49〕原詩爲：「已近山陽望漸寬，湖光百里見千村。人家四面皆臨水，柳樹雙垂便是門。全盛向來元孔道，雜耕今是一雄藩。金湯再葺眞長策，此外猶須子細論。」（《詩集》卷三十）

〔註50〕原詩爲：「焦山東，金山西，金山排霄南斗齊。天將三江五湖水，併作一江字楊子。來從九天上，瀉入九地底。遇嶽嶽立摧，逢石石立碎。乾坤氣力聚此江，一波打來誰敢當。金山一何強，上流獨立江中央。一塵不隨海風舞，一礫不隨海潮去。四旁無蔕下無根，浮空躍出江心住。金宮銀闕起峰頭，槌鼓撞鐘聞九州。詩人踏雪來清游，天風吹儂上瓊樓，不爲浮玉飲玉舟。大江端的替人羞！金山端替人愁！」（《詩集》卷二十八）末兩句諷刺士夫不自圖強，迷信「水府」、「江神」之祐助，可羞亦復可慮，僅賴天險是十分危險的。參見周汝昌《楊萬里選集》頁179～180。

〔註51〕陸游《入蜀記》：「山絕頂有吞海亭，取毛吞巨海之意，登望尤勝。每北使來聘，例延至此亭烹茶。」

〔註52〕四部叢刊本作「楚囚對注」，今據四部備要本，烏絲闌朱校本改。

光宗紹熙二年，誠齋任江東轉運副使，因送客來到六朝時建康的名勝地──新亭，觸景生情，借當地歷史故事喻南宋當前國勢，並諷議士大夫只圖個人榮利，無人過問中原。首、頷聯分析六朝情況，豈乏勛賢？何以國家不安定？總因內部不團結──「柏壁置人添一笑」〔註53〕，士大夫又意志消沈不自圖強──「楚囚對泣」，南宋眼前的政局國勢不正與六朝相似嗎？「鍾山喚客長南望，江水留人懶北還」，眞是將南宋士大夫之無能諷刺到極點。尾聯更出以反語，勉強過問國家興亡大事是永遠說不完的，一如黃昏時聲嘶力竭的蟬，叫死了也是枉然，這是何等心痛之語！

三、媚敵苟安之深痛

誠齋曾寫了一首詠物詩名曰〈蜂兒〉，將蜜蜂比喻南宋黔黎，蜂王則爲宋帝，以老饕喻金國。蜂兒辛勞地採花釀蜜供養蜂王，老饕卻橫加掠奪割據蜜房，甚且貪求無厭，目的要毀滅整個蜂巢〔註54〕。幾十年來，南宋王朝歲貢大量的白銀絹帛於金，換得喘息苟安於江南，但金人無時無刻不伺機南下消滅南宋，這首詩揭露金人的野心，也表達了對朝野上下不思圖強，一味媚敵苟安的深痛。在迎送陪伴金使的路途上，誠齋每每觸景生情，悲慨失國陷土，或諷議朝紳之晏安消沈，有些山水詩表面上客觀描述沿途風光，和人們觀看使船經過，但

〔註53〕 「柏壁置人」典故出於《史記》卷八十九〈張耳陳餘列傳〉，載漢高祖即位八年冬季，率軍出擊韓王信殘部，過柏人（地名），貫高置人於廁中，欲以武力威脅高祖。貫高此計，東晉桓溫曾效之，《世說新語・雅量》：「桓公伏甲設饌，廣延朝士，因此欲誅謝安、王坦之。」劉孝標注曰：「安神姿舉動不異於常，舉目徧歷溫左右衛士，謂溫曰：『安聞諸侯有道，守在四鄰，明公何有壁間著阿堵輩。』溫笑曰：『正自不能不耳。』於是矜莊之心頓盡，命左右促燕行觴，笑語移日。」
〔註54〕 原詩爲：「蜜蜂不食人間倉，玉露爲酒花爲糧。作蜜不忙采花忙，蜜成猶帶百花香。蜜成萬蜂不敢嘗，要輸蜜國供蜂王。蜂王未及享，人已割蜜房。老蜜已成蠟，嫩蜜方成蜜。蜜房蠟片割無餘，老饕更來搜我室。老蜂無味祗有滓，幼蜂初化未成兒。老饕火攻不知止，既毀我室取我子。」（《詩集》卷二十九）

骨子裡實掩不住對南宋朝野媚敵苟安的憤慨，這與〈蜂兒〉一詩的精
神是一致的，如：

> 朱簷碧瓦照青瀾，潔館佳亭使往還。船上高橋三十尺，市
> 人倚折石欄干。（〈曉過丹陽縣〉五首其三，《詩集》卷二十七）

兩國使者往來不斷的丹陽，有著朱簷碧瓦、潔館佳亭極奢華的招待
所，諷刺之意盡在不言中。從船中仰望高高彎架兩岸的河橋，可瞧見
人們爭先搶看經過的使船，必是接待金使的使船及排場大有看頭，才
會令市人「倚折欄杆」。詩言「倚折欄杆」，自然是誇張之詞，而這種
誇張的描寫手法背後，必相對地蘊含著詩人高張的情緒、強烈的深
痛。因所有這些排場講究，無不是民脂民膏，而今卻用來討好敵國，
不知國憂爲何物的老百姓，還觀看得挺興奮起勁，運用反襯手法，將
「可悲」推到極致。

再如詩集二十九〈過嬰鬥湖〉：

> 畫舫如山水上奔，小船似鴨避河濱。紅旗青蓋鳴鉦處，都
> 是迎來送往人。
>
> 忽聞江上四驪呼，知近吳江嬰鬥湖。火炬燈籠不須辨，使
> 家行住按程塗。
>
> 春來已自兩旬餘，欲借春看未見渠。煙樹隔湖三十里，寒
> 梢依舊向人疎。

前兩首描寫接伴使船的排場和暢行無阻的情形，以「畫舫」和「小船」
對比，沿途有紅旗青蓋鳴鉦導引，華麗的使船一經過，民船就得儘快
躲避河濱，那情狀一如被人追趕的鴨群，一路上早已安排好金使休憩
住宿的使館，自然是有火炬燈籠的高級招待所，抵達時還有接風歡迎
的呼聲。第三首筆鋒轉向湖上風光，煙樹寒梢、尋春不見春，也暗示
詩人心情的落寞凝重。

又如《詩集》卷二十九〈臨平解舟〉：

> 竹籬短短門小小，少年獨立春風曉。柳芽縮瓜尚怯寒，金
> 粟班班滿枝了。過船橋下橋絕高，波清深見一截篙。市人
> 夾水爭出看，無數漁舟避東岸。

「市人夾水爭出看」，即「市人倚折石欄干」詩意，「無數漁舟避東岸」，正是「小船似鴨避河濱」詩意。這兩個畫面，一再被誠齋擷取描寫，而在這首詩中被安放在尾聯作強調，與前面的風光景緻，銜接似嫌突兀；但筆者以爲此種跳接的突兀，容易造成凸顯強調的效果，有禪家的機鋒，有公案的轉語，有雜劇的打諢出入〔註55〕，因此不能以「不經意」的等閒語視之。事實上，這正是《誠齋詩話》所謂「微婉顯晦，盡而不汙」的美學表現，與其他一系列愛國山水詩篇的精神是相通的，骨子裡實深痛南宋朝野的媚敵苟安心態。

四、撫今追昔之感慨

　　誠齋於憑弔古蹟時，往往引發憂國的愁緒，萌生撫今追昔之感慨，如：

> 夜愁風浪不成眠，曉渡清平卻宴然。數棒金鉦到江步，一檣霜日上淮船，佛狸馬死無遺骨，阿亮臺傾只野田。南北休兵三十載，桑疇麥壠正連天。（〈過瓜洲鎮〉）

> 水漾霜風冷客襟，苔封戰骨動人心。河邊獨樹知何木，今古相傳皂角林。（〈皂角林〉，《詩集》卷二十七）

瓜洲鎮位於楊州西南、長江北岸，皂角林則位在楊州南三十里。紹興三十一年冬，完顏亮南侵陷楊州後，更南爭瓜洲渡。時宋將劉錡派賈

〔註55〕 「機鋒」是禪宗接引學人啓悟的一種方法，禪師們鬥機鋒，留下了許多公案。由公案可發現，禪宗創造思維形式是豐富多樣，隨機變化的。隨於機宜而轉變辭鋒，謂之「轉語」。竊意誠齋此首詩先描寫沿岸優美景色，讀來甚有清幽情趣，末兩句突然筆鋒一轉，出現市人爭看使船的看熱鬧喧嘩場面，與漁舟傖促避岸的鏡頭，讓讀者先前悠閒愉悅的情緒突然中斷，繼而思考作者的用意，與「市人倚折石欄干」、「小船似鴨避河濱」詩意對照，方知作者的深意。這與禪家機蜂、公案轉話，頗有異曲同工之妙。又宋詩每借鏡雜劇的打諢技法，先作一、二沒頭沒腦無從理會語，一經點明，讀者乃恍然會意，常具機鋒之妙。關於禪宗公案的機鋒轉語、思維形式，可參看府憲展、徐小蠻〈禪宗的創造性思維形式〉（《中華文史論叢》1988年一期）。關於宋詩的打諢出入，可參看張高評〈宋詩與化俗爲雅〉。

和仲等拒之於皂角林，劉錡陷於重圍，下馬死戰，其中軍第四將王佐
率步兵埋伏林中，金兵進入，強弩驟發，金人大敗。完顏亮敗後，金
兵內部生變，爲部下殺死於瓜洲﹝註56﹞。誠齋渡過長江，搭乘赴淮河
的船隻，行經瓜洲鎮、皂角林，想像當年在此所發生的英勇戰事，儘
管已成歷史陳跡，戰士的忠骨也爲苔蘚所封埋，但其精神是永垂不朽
的，如今憑弔緬懷，依舊激動人心。追昔撫今，北方敵人如北魏太武
帝拓跋燾（佛狸）、金主完顏亮一類的野心人物，曾不斷向南侵略，
而今南北休兵已久，「桑疇麥壠」一片太平的景象。尾聯表面寫農業
生產的喜悅，但從頸聯看來，當有記取教訓，不可鬆懈警備的深意，
警告佛狸、完顏亮一類的野心人物，難保不再出現；又似感慨南宋自
采石一役後，已一蹶不振，從此「休兵」，恐已不再想收復故土。

　　再如《詩集》卷三十四〈寒食前一日行部過牛首山〉：
　　　出了長干過了橋，紙錢風裡樹蕭騷。若無六代英雄骨，牛
　　　首諸山肯爾高？（七首其四）

紹熙三年春誠齋巡所轄各地（時任江東轉運副使），於寒食前一日經
過牛首山，在這個戶戶掃墓野祭，風樹蕭騷紙錢繚繞的時節，想著因
爲英勇戰士的骸骨堆積，才使得牛首山這麼高峻，寒食節的蕭颯景
象，似乎更形加添先烈遺骨的悲悽。曾發生在牛首山上可歌可泣的史
實，是不應被遺忘的：「南宋建炎中金兀朮南侵，鑿老鸛河以窺建康，
岳飛設伏兵於此相待，大敗之。詩意本指時事，故意託言六朝以避忌
諱。」﹝註57﹞言下之意，南宋所以暫能偏安江南，保有半壁江山，英
雄先烈的捐軀衛國，是功不可沒的。

　　誠齋這類憑弔古蹟的山水詩，不僅止於懷古，更寓意憂國的愁
緒，往往借古諷今，衝口而出，卻又戛然而止，令人低迴不已。他如

﹝註56﹞以上參閱周汝昌《楊萬里選集》頁 173，及于北山《楊萬里詩文選
　　　　注》頁 83 註解。又〈過瓜洲鎮〉誠齋原注：「完顏亮辛巳南寇，築
　　　　臺望江，受誅其上。土人云。」四部叢刊本缺「寇」字，據四部備
　　　　要本補之。
﹝註57﹞見周汝昌《楊萬里選集》頁 203。

〈晚泊楊州〉（《詩集》卷二十七）、〈夜過楊州〉（卷二十八）、〈雪中登姑蘇臺〉（卷二十九）、〈陪留守余處恭總領錢進思提刑傅景仁游清涼寺即古石頭城〉（卷三十一）諸詩，都隱含故宮黍離之悲感，讀之令人涕下，能使頑夫廉，懦夫有立志。

由以論述可知，誠齋「睠懷故土、感憤國事」的山水詩篇，雖悲慨感愴，卻曲筆微諷，寄託遙深，與陸游金剛怒目式的報國熱志的山水詩篇，是截然不同的〔註58〕。另一方面，這種憂國的情懷，正是衰颯的國勢在士大夫心上的投影，與唐代愛國山水詩之恢宏揚厲，自然大異其趣。

綜觀誠齋山水詩的內容表現，或按途記遊山水，客觀如實地呈現山水風貌；或低吟羈旅情懷，或顯現家居面貌、休閒遊賞之樂，或陳述愛國思想，不僅反映出宋人鍾情山水，所形成的特有的生活方式，同時也繼承唐代以來山水詩抒情詠懷的傳統。其憂國的情懷，正是衰颯的國勢在士大夫心上的投影，所陳述之愛國思想，具理性知性之評論，是宋詩富於議論的特色。而誠齋對於遷貶毫不掛懷，正是其心性澄澈的反映。

以上是誠齋山水詩的主要內容。其他如〈過西山〉詩，藉說自己焦愁催科之事，表現了人民受到欺壓的痛苦〔註59〕；〈豫章江皋二絕句〉其二，則描寫出水災慘景〔註60〕；〈四月一日三衢阻雨〉二首其二，關心農民的收成〔註61〕，在在表現出儒者關懷民生的襟抱，也都是山水的佳篇。

〔註58〕見本論文第六章第二節三、「詞微意深、委婉多諷」。

〔註59〕全詩爲「一年兩踏西山路，西山笑人應解語。胸中百斛朱墨塵，雨捲珠簾無半句。懇懇買酒謝西山，慚愧山光開我顏。鬢絲渾爲催科白，塵埃滿胸獨違情。」（《詩集》卷六）

〔註60〕原詩云：「只今秋稼滿江郊，猶記春舡掠屋茅。可是北風寒入骨，荻花爭作向南梢。」（《詩集》卷六）

〔註61〕原詩爲「小詩苦雨當雲賤，寄似南風一問天。漏得銀河乾見底，卻將什麼作豐年。」（《詩集》卷十三）

第六章　誠齋山水詩之藝術主體表現

　　嚴羽《滄浪詩話》以人論詩體，於南宋獨標「楊誠齋體」，可見誠齋詩風必有異於前人者。所謂「誠齋體」，其詩之特色究竟爲何？歷來談論者不少，試看張鎡、姜夔、劉祁、胡明諸家見解，可見一斑：

> 造化精神無盡期，跳騰踔厲即時追。目前言句知多少，罕有先生活法詩。(《南湖集》卷七〈攜楊祕監時一編登舟因成二絕〉)

> 先生（尤袤）因爲余言：近世人士喜宗江西，……痛快有如楊廷秀者乎？《白石道人詩集》自序)

> 活潑剌底，人難及也。(《歸潛志》卷八引李屏山語，謂晚甚愛楊萬里詩)

> 誠齋體的特色，前人總結了不少，如形象鮮明、生意活脫、構思靈妙、幽默詼諧、層疊曲折、變化多姿等，大抵不錯。再簡捷點似乎便是「活」、「快」、「新」、「奇」、「趣」幾個字〔註1〕。

所謂「誠齋體」，張鎡以爲指「跳騰踔厲即時追」的活法詩，姜夔以爲指痛快風格，劉祁以爲「活潑剌底」，胡明以爲「活、快、新、奇、趣」。近人周啓成則更具體指出誠齋體主要有以下五個特點：情趣盎然、想像豐富、通俗淺易、以萬象爲賓友、擅長取景寫生〔註2〕，大

〔註 1〕見胡明《南宋詩人論》，頁 58，學生書局。
〔註 2〕見周啓成《楊萬里和誠齋體》，頁 101～109，上海古籍出版社。

體皆就誠齋體呈現之風貌言之。至於誠齋體的藝術表現技巧為何？誠
齋詩集裡，哪一類詩最能代表誠齋體？此所當在意探討者。

　　檢閱誠齋詩集，表現誠齋體詩者佔一半以上，在眾多類型詩中，
就質量並重而言，以山水詩最能體現誠齋體，而其表現手法，即在詩
趣的追求、語言的運用、構思的靈妙與特殊的時空設計、形成清新自
然、死蛇活弄，以及飛動馳擲的詩風。但誠齋山水詩不止誠齋體一種
風格，除了誠齋體特有的藝術風格外，另有其他表現技巧，存於誠齋
山水詩中。為免瑣碎割裂，筆者分別歸入語言運用，以及時空之設計
兩節中，一併說明。至於宋詩之共同特色，如詩中議論、用典、奪胎
點化之類，及其他色彩、對比、映襯等詩詞中常見的鍊字鍊句技巧，
則不列項分析，唯運用巧妙之佳篇，則隨機探證說明。而疊字、設問
的修辭技巧，雖為誠齋所慣用擅長，卻顯而易見，不言可喻，故文中
略而不論〔註3〕，以期凸顯誠齋山水詩之主體藝術表現。

第一節　詩趣之追求

　　研究誠齋山水詩，可以發現詩中充滿著種種趣味，與詩人活潑靈
動的性格相互輝映，或出以幽默諧趣，消遣山水、消遣自己；或出以
想像奇特，富思譎之奇趣；或從故作憨態癡語中解放性靈，排遣旅途
的辛勞；或由塑造山水形象中，透露出生活體悟之理，顯出詩人的人
生智慧。茲分述如下：

一、幽默諧趣

　　「幽默」是一種奇特的美學現象，就文學創作而言，具有表達情
趣、引人發笑之審美感受能力的創作主體，發掘人類社會中豐繁的喜

〔註 3〕有關誠齋詩疊字技巧的說明，可以參考歐陽炯〈楊誠齋詩研究〉國
　　　立編譯館館刊第十二卷第一期；誠齋詩設問的手法，則可參見王偉
　　　勇〈談楊萬里作詩之活法及運用〉東吳大學中文系系刊第六期69年
　　　6月。

劇性內容，運用比喻、誇張、寓意、雙關、諧音、象徵、諷刺等藝術
手法，表現成具體可感的文藝作品，使欣賞者情不自禁開顏解頤，發
出會心的一笑〔註4〕。

　　誠齋性情詼諧風趣，極具幽默感〔註5〕，因此也就特別容易將生
活中的幽默提煉加工，創作出富於幽默的藝術作品。宋代以前，於山
水詩裡大量表現幽默且極成功的作品，幾乎寥若晨星；宋代山水詩中
含有理趣的佳篇甚多，然如誠齋般幽默小品俯拾即是的，卻並不多見
〔註6〕。我們先來看看以下幾首詩：

　　　　雨後林中別樣涼，意行幽徑不知長。風蟬幸自無星事，強

〔註4〕徐侗〈試論幽默〉一文，將幽默一詞的來源、演變、涵義、種類與
　　　範疇等，作了極為詳細精彩的辨析，足資參考，見《文學評論》1984
　　　年二期。又木鐸出版社出版《美學辭典》，民國76年12月，及遼寧
　　　大學出版社出版《文藝美學辭典》中幽默一目，1987年12月，陳孝
　　　英〈試為幽默正名〉（《文藝研究》，1989年六期），均有參考價值。
〔註5〕參見本論文第二章。
〔註6〕參見王國瓔《中國山水詩研究》、《中國古代山水詩鑒賞辭典》附錄
　　　一──山水詩概述、胡念貽〈論山水詩的形成和發展〉、林天祥《范
　　　成大山水田園詩研究》第三章〈山水詩的淵源〉等，分析宋以前山
　　　水詩的特色，可供參考。蓋中國歷來山水詩於藝術表現上，多傾力
　　　於意象之提煉塑造、畫面的描繪，與意境的經營，而較少表現輕鬆
　　　幽默的美學現象。劉大杰《中國文學發展史》說：「中國詩歌中缺少
　　　詼諧精神。杜甫的七絕，偶然有一點，那色彩也非常淡。王梵志、
　　　寒山諸人的詩句裡，時有這種情味，但每每流於說理，走到極端，
　　　便成了歌訣。」（頁722，華正書局）鄭明娳〈杜詩中的幽默〉一文
　　　指出，杜甫的幽默有多種層次，並舉諸多例子，然皆非山水詩，見
　　　《國魂》四二〇期。
　　　宋詩自蘇黃以下，多「打猛諢出，又打猛諢入」，富詼諧謔浪之喜劇
　　　效果。張高評〈宋詩與化俗為雅〉一文，引王季思〈打諢參禪與江
　　　西詩派〉之說，謂「宋人以詩為諢，其風開自東坡，故東坡最饒機
　　　趣；黃山谷受東坡影響，作詩往往『打猛諢入』，又『打猛諢出』；
　　　論詩則謂『作詩如作雜劇，臨了須打諢，方是出場』，……下至楊萬
　　　里，大而日月山川，小而蟲魚草木，無不可以打諢。」可見宋詩富
　　　有詼諧戲謔的特色，就程度深淺而言，又以誠齋為最，誠齋詩中尤
　　　其以山水詩的創作最有此一特質。可見誠齋既受時代影響，又能自
　　　成一家特色。

為閑人報夕陽。(〈立秋後一日雨天欲暮小立問月亭〉,《詩集》卷六)

一眼苕花十里明,忽疑九月雪中行。我行莫笑無騶從,自有西山管送迎。(〈歸自豫章復過西山〉,《詩集》卷六)

樹樹低桑不要梯,溪溪新漲總平堤。杜鵑知我歸心急,林外飛來頭上啼。(〈春盡舍舟餘杭雨後山行〉,《詩集》卷十三)

牛頭定何向,牛尾定何指。我不炙汝心,我不穿汝鼻,如何不許見全牛。霧隱雲藏若相避,行行上牛背,上下三十里。一雨生新泥,寸步不自致。胡不去作牽牛星,渴飲銀河天上水。胡不去作帝籍牛,天田春風牽黛耜。卻來蠻村天盡頭,塞路長遣行人愁。夕陽芳草只依舊,瘦牛何苦年年瘦。(〈題瘦牛嶺〉,《詩集》卷十七)

過盡危磯出小潭,回頭失卻石峰巉。春寒料峭元無事,知我猶藏一布衫。(〈出真陽陝〉十首其一,《詩集》卷十八)

可見誠齋山水詩幽默表現的範疇,是來自對生命生活的熱愛,將原本不一定富有喜劇性的情事,通過擬人化的手法,賦予幽默地表現。如風蟬報夕陽、西山管送迎、杜鵑知我心、春寒知我藏等等,呈現於作品中的幽默氣氛,是作者本身幽默感的主觀流露〔註7〕。於是這幾首七絕就如同幽默小品般,令人會感一笑。尤其在〈題瘦牛嶺〉詩中,則頑皮地消遣「瘦牛」,引人發噱。

其實誠齋援幽默入山水詩中,是受北宋大詩人蘇軾的影響〔註8〕,不過兩人的表現方式頗有差異,在此舉蘇軾幾首饒富幽默的山水詩略加比較:

〔註7〕其他如〈積雨小霽暮立捲書亭前〉二首其一(《詩集》卷六)、〈送客山行〉(卷七)、〈四月四日午初出浙東界入信州永豐界〉、〈早炊楊家塘〉(卷十三)、〈曉炊黃竹莊〉三首其一(卷十七)、〈小泊新豐市〉(卷二十七)諸詩,皆極富於幽默感,此不一一列舉。

〔註8〕王守國〈誠齋詩源流論略〉一文指出,蘇軾對誠齋的影響之一,即是對詩趣的自覺追求,如幽默詼諧的表現。見《中州學刊》1988年四期。

……日高山蟬抱葉響，人靜翠羽穿林飛。道人絕粒對寒
碧，爲問鶴骨何緣肥？（《壽星院寒碧軒》，《蘇軾詩集》卷三十
二）〔註9〕

……長風吹客添帆腹，積雨浮舟減石鱗。便合與官充水手，
此生何止略知律。（《八月七日初入贛過惶恐灘》，卷三十八）

……野老已歌豐歲語，除書欲放逐臣回。殘年飽飯東坡老，
一壑能轉萬事灰。（《儋耳》，卷四十三）〔註10〕

蘇軾以自我挪揄的態度，對待自己的坎坷境遇，他的幽默具有嚴肅
的政治現實內容，通過反諷、嘲謔的手法，總是給欣賞者帶來和著
淡愁的笑聲，且不時滲透著辛辣的滋味。如果說蘇軾的幽默是勇于
嘻笑怒罵的辛辣味〔註11〕，那麼誠齋的幽默則是逗人發噱，活潑俏
皮的甘飴味。《歷代詩話續編》提要稱《誠齋詩話》:「頗及諧謔雜事」，
由山水詩作品觀之，可見其理論主張與創作實踐，是配合無間，融
會一貫的。

〔註9〕詩中的「道人」係指壽星院的僧人。「絕粒」乃道家不火食，不進五
　　　　穀的修煉方法。後二句意思是說，瘦骨如柴的道士，面對寒碧之中
　　　　身肥體胖的東坡居士，不解這骨格清奇似鶴之人，何以又如此肥胖
　　　　呢？蓋體是溺于物欲的標志。此詩之評析曾參閱《中國古代山水詩
　　　　鑒賞辭典》頁680，江蘇古籍出版社。

〔註10〕儋耳，縣名，在今廣東省海南島儋耳。蘇軾晚年被誣仙謗先朝。遠
　　　　謫惠州，轉徙儋耳。他本以爲將終老海南，後又逢大赦，奉召北還。
　　　　「殘年飽飯東坡老」一句，乃用杜甫詩「但得殘年飽吃飯」的語意。
　　　　最後一句則根據陸雲〈逸民賦〉序:「古之逸民，輕天下，細萬物，
　　　　而欲專一邱之歡，擅一壑之美，豈不以身勝於宇宙而心恬於紛華者
　　　　哉？」而來。此首詩之評析曾參閱金啓華，臧維熙選注《古代山水
　　　　詩一百首》，頁107，上海古籍出版社。

〔註11〕孔凡禮〈蘇東坡詩評介〉、陶文鵬〈蘇軾山水詩的諧趣奇趣和理趣〉
　　　　均指出，蘇軾山水詩中充滿令人解頤捧腹的諧趣。而孔氏更謂蹭蹬
　　　　奔波的遭遇，給蘇軾提供了廣泛的題材，詩中常對社會的可笑現象
　　　　予以嘲諷。因此，基本上蘇軾誠如葉燮所云:「天地萬物，嬉笑怒罵，
　　　　無不鼓舞於筆端，而適如其意之所欲出。」（《原詩》），故筆者以爲，
　　　　結合政治社會現實內容，將乖違、醜陋等不甚完美的事態，予以玩
　　　　世滑稽，或自我解嘲，是蘇軾山水詩表現幽默方的一絕，更能代表
　　　　其個人與眾不同的特色。

二、思謠奇趣

蘇軾謂詩「以奇趣爲宗，反常合道爲趣」（魏慶之《詩人玉屑》卷十引），觀誠齋山水詩，就有這類的佳作，如：

> ……落紅滿路無人惜，踏作花泥透腳香。（〈小溪至新田〉四首其四，《詩集》卷十五）

> 大磯愁似小磯愁，篙稍寬時船即流。撐得篙頭都是血，一磯又復在前頭。（〈過顯濟廟前石磯竹枝詞〉二首其二，《詩集》卷十六）

以超絕之設想，因事起意，道出落花被踏仍有透腳的香氣，與宋徽宗畫院試題「踏花歸去馬蹄香」，可謂異曲同工，處處映照之妙。想像篙頭出血，極言舟人用力之苦，如此出語荒誕，不合理，初讀頗覺超人意表；細想方覺入人意中，無理而妙，奇趣橫生。又如：

> 樓船上水不寸步，兩山慘慘愁將暮。一聲霹靂天欲雨，隔江草樹忽起舞。風從海南天外來，怒吹峽山山倒開。……（〈峽中得風掛帆〉，《詩集》卷十六）

> 虎臥中流扼兩涯，目光鬚怒首仍回。眞陽峽袖君須記，箇是瞿塘灩澦堆。（〈過虎頭磯〉，《詩集》卷十六）

第一首寫峽中將起大風時，兩岸山色慘淡，霹靂聲懾人，天勢欲雨，隔江草樹起舞。緊接著怒風忽從海南天外而來，由於峽中空間狹隘，更使得風勢強勁急猛，吹得峽山彷彿倒開一般，場景直是驚心動魄！第二首言虎頭磯之急湍，想像虎臥中流，張目怒鬚控阻兩涯，使得水流至此急速奔回，形成急湍。相像奇特，無理而妙，甚具奇趣。再如：

> 北風五日吹江鍊，江底吹翻作江面。大波一跳入天半，粉碎銀山成雪片。五日五夜無停時，長江倒流都上西。計程一日二千里，今踰灩澦到峨眉。更吹兩日江必竭，卻將海水來相接。老夫蚤知當陸行，錯料一帆超十程。如今判卻十程住，何策更與陽侯爭。水到峨眉無去處，下梢不到忘歸路。我到金陵水自東，只恐從此無南風。（〈池口移舟入江再泊十里頭潘家灣阻風不止〉，《詩集》卷三十三）

這一首七言古詩描寫長江狂風巨浪，一、二句著重寫風力之猛，持續

時間之長，將江水喻作匹練，不斷被風攪動翻捲。三、四句著重寫巨浪噴湧，飛躍入空復迅疾跌落。前四句就眼前即景高度誇張，以下即進入想像領域，因「北風五日吹江鍊」，引起「長江倒流都上西」的景觀。誠齋還煞有其事的計算長江倒流速度一日二千里，則五日來北風勁吹，最初的浪頭已越過瞿塘峽，到達峨眉山下了。那麼再颺兩天風，這條倒流的長江勢必枯竭，反而要海水倒流補充了。「水到峨眉無去處，下梢不到忘歸路」，誠齋想像倒流的江水前無歸宿，後又忘了退路，簡直無所適從了〔註12〕。陳衍《宋詩精華錄》評論此詩說：

寫逆風全就江西西流著想，驚人語，乃未經人道矣。

似這等想像奇特詭譎的山水詩，甚至有超現實的神話色彩，與禪師禪詩「荒誕變形，玄妙詭譎」的藝術表現特色，真有同工異曲之妙〔註13〕。

其他如〈過眞陽峽〉云：「若遣峽山生塞了，不知江水倒流麼」（《詩集》卷十五）；〈題南海東廟〉一詩，想像羅浮山爲渴龍，雷奔海濱飲海水（卷十八）；〈碧落堂曉望荷山〉一詩，將荷山的變幻，想像成軍容陣勢（卷二十五）；〈江水〉設問江妃用何種藥，令江水易色（卷二十六）諸時，皆想像奇特，富有奇趣。

三、憨態傻趣〔註14〕

誠齋山水詩中多故作憨態之癡語，讀來頗見憨態之傻趣，最典型

〔註12〕 本詩之評析，參閱繆鉞等編《宋詩鑑賞辭典》。

〔註13〕 李淼《禪宗與中國古代詩歌藝術》頁97，指出禪宗以詩明禪所創作的禪詩，常大量運用誇張荒唐的變形意象。誇張手法雖是詩歌表現的重要手法，如「白髮三千丈」、「黛色參天二千尺」，不過仍奠基在現實之上，而禪詩如「泥牛吼水面」、「步行騎水牛」之類誇張意象，已超乎現實的形象（吉林長春出版社，1990年12月。）觀誠齋此詩，信有此妙。

〔註14〕 《歷代怨詩趣詩怪詩鑑賞辭典》一書，收入歷代許多趣詩，其中爲「傻趣」定義：「故作憨態癡語，不合常情，亦違常情，然而這反而顯出超越常態的饒有別致，突破常情的眞實可貴。像這種表情達意的詩法，給人以特殊的感染力量。」（江蘇文藝出版社1989年6月）筆者細繹誠齋山水詩，發現亦富於此種趣味，遂以「憨態傻趣」爲題。

的如〈檄風伯〉〔註15〕：

> 峭壁呀呀虎擘口，惡灘淘淘雷出吼。泝流更著打頭風，如
> 撐鐵船上牛斗。風伯勸爾一杯酒，何須惡劇驚詩叟。端能
> 爲我霽威否，岸柳掉頭荻搖手。(《詩集》卷十六)

詩人逆流而上，不幸又遇逆風，行船之難，猶如撐笨重的鐵船上天河
一般。詩人百般無助下，竟異想天開，企圖勸酒懇談，交涉風伯，肯
否停止作威作福？奈何風遣柳荻搖手，不肯罷手。詩言與風交涉，爲
違常情之憨態語，可見行船之艱苦，與詩人的無奈，顯出突破常情的
可貴，饒有別致。

又如：

> 小煩溪友語陽侯，好遣漂沙蓋石頭。能費奔流多少力，前
> 頭幸有一沙洲。(〈皇恐灘〉，《詩集》卷十五)

> 夾路黃茅與樹齊，人行茅裡似山雞。長松不與遮西日，卻
> 送清陰過隔溪。(〈憩楹塘驛〉二首其一，《詩集》卷十六)

> 初受遙山獻畫圖，忽然卷去淡如無。莫欺老眼猶明在，和
> 霧和煙數得渠。(〈舟過安仁〉五首其二，《詩集》卷三十五)

〈皇恐灘〉詩，誠齋被皇恐灘亂石阻流所驚，於是想麻煩溪友轉告水
神，是否調派漂沙掩蓋石頭，好讓詩人得以暢行。〈憩楹塘驛〉詩，
詩人發嗔，責怪松樹陰影不能爲他遮蔽午後炎日，卻把清陰送過隔
溪，蓋樹影投在隔溪，乃因日斜之故，詩人並非不知，卻因午熱難奈
而作此癡態語。〈舟過安仁〉詩，詩人看山興致正濃時，忽然遙山爲
雲煙遮蔽，詩人不禁嗔道，莫想欺我老眼，我眼力猶明，遙山峰嶺，
任他和霧和煙，我也數得清楚。

觀以上所舉詩例，誠齋故作憨態之癡語，雖不合常情，卻反而
顯出超越常態，啓人思緒，饒有別致。這種表情達意的詩法，實富
有特殊的感染力，令人感受到一股憨癡的詩歌趣味。其他如〈過下
海〉云：「行人自趁斜陽急，關得歸鴉更苦催」(《詩集》卷二)；〈新

〔註15〕 四部叢刊本缺詩題，今據四部備要本，烏絲闌朱校本補。

塗抛江〉云：「綠堤何用千株柳，只與行人礙過船」（卷四）；〈明發
祁門悟法寺溪行險絕〉六首其五，云「知與此溪有何隙，遣他不去
祇相隨」（卷三十四）諸詩，皆富有憨態傻趣。

四、人情理趣

　　宋代山水詩中往往富於理趣〔註16〕，誠齋山水詩亦不例外，如：

　　　　隔岸橫州十里青，黃牛無數放春晴。船行非與牛相背，何
　　　　事黃牛卻倒行。（〈過大皋渡〉，《詩集》卷三）

　　　　波緩漚遲似讓行，忽然赴岳怒還生。東歸到底誰先後，何
　　　　用爭流作許聲。（〈觀陂水〉，《詩集》卷七）

〈過大皋渡〉詩，所言「船行非與牛相背，何事黃牛卻倒行」，乃爲物
理現象。黃牛原地吃草，船行速度快，船中人不覺自己在運動，反而
覺得黃牛急速倒行，此與吾人坐在火車中，覺窗外景物快速移動，道
理是一樣的。〈觀陂水〉詩，告訴我們，人生是一場永無止境的競賽，
要有眞才實學，才能贏得勝利，毋須虛張聲勢，以免黔驢技窮，又如：

　　　　初疑夜雨忽朝晴，乃是山泉終夜鳴。流到前溪無半語，在
　　　　山做得許多聲。（〈宿靈鷲禪寺〉二首其二，《詩集》卷十三）

　　　　篙師只管信船流，不作前灘水石謀。卻被驚湍游三轉，倒將
　　　　船尾作船頭。（〈下橫山灘頭望金華山〉四首其一，《詩集》卷二十六）

　　　　莫言下嶺便無難，賺得行人錯喜歡。政入萬山圍子裡，一山
　　　　放出一山攔。（〈過松源晨炊漆公店〉六首其五，《詩集》卷三十五）

第一首詩，諷刺一些無眞才實學，只會浮誇虛張聲勢的人，往往是言
語上的巨人，行動上的侏儒，私底下自吹自擂，一上臺面，則噤然不
語，原形畢露〔註17〕。第二首詩，從對篙師行船的描寫，揭示在順境
中要不忘有逆境的準備。第三首詩，通過對行路艱難的描述，以「下

〔註16〕見本論文第三章第三節。
〔註17〕周汝昌《楊萬里選集》頁 109，指出此詩諷刺當時的士大夫，未做
　　　　官時有許多高論，一旦有了地位，依然和其他官僚一樣，了無建樹。
　　　　筆者以爲讀者亦可由人生哲理的層次來體會此首詩，不拘泥誠齋的
　　　　時代背景，則此詩意義更廣，詩也具多義性。

嶺」比喻人生在順境中，不可掉以輕心，對於難易的感受，要有相對的估量。

　　觀誠齋言理的山水詩，並非用純概念的方式來說，而是將生活實踐中體悟之理，和山水藝術形象緊密結合，藉自然形象的塑造，除去理障，富有理趣（註18）。其他如〈雨後獨登舍北山頂〉詩，言山頭山下對涼熱感受不同，乃緣於著腳高低之別，萬岳清風豈是無（《詩集》卷三）；〈晚登淨遠亭〉云「野鴨成群忽驚起，定知城背有船來」（卷十）；〈蘇木灘〉云「會有上灘時，得意君忽恃」（卷二十四）；〈中元日曉登碧落堂望南北山二首〉其一，云「身在白雲上，不知雲繞身」（卷二十五）諸詩，皆是富於理趣之佳篇。

　　由上述可知，誠齋山水詩富於幽默諧趣、思譎奇趣、憨態傻趣，及人情理趣，通過藝術表現手法，將山水形象與詩人活潑可愛的性格相結合，形成趣味盎然的詩境。除外，誠齋還善用擬人法，設計層次，機心獨運，作精妙構思，巧中見趣（見本章第三節），這種機趣，也往往能激發讀者欣賞的興致！

第二節　語言之運用

　　宋人自覺欲在璀燦的唐詩之後，有所生存與發展，除繼承優良的傳統外，勢必別闢蹊徑，敢於創新，所謂「化俗為雅」，正是基於翻轉變異，強調推陳出新的要求（註19）。誠齋山水詩造語淺易，俚語口語大量投入，乃宋詩語言及體類上，「化俗為雅」的表現（註20），也

〔註18〕　參見張少康《中國古代文學創作論·論藝術表現的辯證法》──「理與趣」，北京大學出版社，1983 年 12 月。

〔註19〕　見張高評〈宋詩特色之自覺與形成〉，國際宋代文化研討會發表論文〈增訂稿〉，1991 年 10 月，四川成都。

〔註20〕　張高評〈宋詩與化俗為雅〉一文，指出宋詩「化俗為雅」的轉化歷程，表現在體類上、題材上與語言上。就語言轉化的層面而言，宋人常以日常語言、俗諺俚語入詩。就體類轉化的層面而言，宋詩特色之一，自蘇黃以下，多「打猛譯出，又打猛譯入」，富詼諧譏浪之

是形成誠齋體特色的原因之一。

　　此外，誠齋特別欣賞晚唐詩繼承詩經文學春秋義法「微婉顯晦、盡而不汙」的精神，進而體現在作品中，其愛國山水詩篇，用語往往詞微意深，委婉多諷。茲就「自然淺易、即興而唱」、「不避俚俗、化俗爲雅」、「詞微意深、委婉多諷」三端，分述誠齋山水詩語言之運用如下：

一、自然淺易　即興而唱

　　宋代由於士人生活態度與審美態度的世俗化，詩歌創作與詩論主張都趨向於「以俗爲雅」（說見前文，此不再贅述）。前代詩人以爲難登大雅之堂的俚諺俗語，宋人往往援之入詩。另一方面，濫觴於杜甫、韓愈的搬弄古文語言，破壞詩律規範，以及杜甫、白居易的援日常語言入詩，皆大成於兩宋，形成宋詩「以文爲詩」的特色。尤其援日常語言入詩，意脈暢通無阻，對於讀者索解詩歌大有助益〔註21〕。這種務求自然淺易的趨向，兩宋詩風，表現得頗爲具體。

　　誠齋十分激賞與元和體——尤其是香山體，詩集中不時傾吐自己的愛慕之情〔註22〕，且誠齋與元和體間的血緣極爲深厚，前人早有論述〔註23〕，的確，誠齋詩受樂天影響的，正在於明白如話，自然淺易

喜劇效果。《第一屆中國民間文學學術研討會論文》，民國 80 年 12 月。

又，「化俗爲雅」的形式，固然有其文學發展求新求變，不得不然的要求，另一方面也與宋人審美態度世俗化有關，此可由政治、思想、文化等三層面來探討，參見本論文第三章第三節註1。

〔註21〕見張高評〈宋詩與化俗爲雅〉。

〔註22〕如《詩集》卷三十九〈讀白氏長慶集〉：「每讀樂天詩，一讀一回好。少時不知愛，知愛今已老。」卷四十二〈端午病中止酒〉：「病裡無聊費掃除，節中不飲更愁予。偶然一讀香山集，不但無愁病亦無。」卷四十二〈春盡夜坐〉：「疾痛呼天天豈知，知而不管亦何爲。偶拈白傳長慶集，又得驩欣片子時。」

〔註23〕如宋人張鎡《南湖集》卷六：「後山格律非窮苦，白傳風流造坦夷」姜特立《梅山續稿》卷一：「便擬近師黃太史，不須遠慕白先生」葛天民《葛無懷小集》寄楊誠齋：「玉川後身卻不怪，樂天再世尤能奇。」

的語體風格上。由前一節所舉的例子來看，不論形象思維或抽象思維，多直敘事物，抒發感情，語序正常流動，連詞副詞虛字不時出現，接近散文語言，也就是所謂的「以文爲詩」〔註24〕。再如：

> 出門天色陰晴半，著雨途間進退難。知得招提在何語，只憑田父指林間。

> 竹深早長綠眞眞，有路如無又斷行。風亦恐吾愁寺遠，慇懃隔雨送鐘聲。（〈彥通权祖約游雲水寺〉二首，《詩集》卷二）

> 霧外江山看不眞，只憑雞犬認前村。渡船滿板霜如雪，印我青鞋第一痕。（〈庚子正月五日曉過大皋渡〉二首其一，《詩集》卷十五）

> 綠楊接葉杏交花，嫩水新生尚露沙。過了春江偶回首，隔江一片好人家。（〈二月一日曉渡太和江〉三首其一，《詩集》卷十五）

這幾首詩，全不用典，明白如話，自然淺易，讀來只覺意義清晰，絲毫無晦澀隔閡之病，而詩人遊寺之情，宦情之苦，驚喜江流沿岸的景色，皆極易曉解。詩中語序正常流動，意脈貫通，接近散文句型。尤其「只憑田父指林間」、「有路如無又斷行」、「只憑雞犬認前村」、「過了春江偶回首」、「隔江一片好人家」等句，相當口語化。

又如：

> 江闊水不聚。分爲三五灘。遂令客子舟。上灘一一難。小

明人胡應麟《詩藪》外編卷五：「南渡諸人詩尚有可觀者，如尤、楊、范、陸，時近元和。」清人姚壎《宋詩略》自序：「南渡之尤、楊、范、陸，絕類元和。」翁方綱《石洲詩話》卷四：「誠齋之詩，上規白傅」。這些都是誠齋詩格近樂天的見證者。

〔註24〕 葛兆光、程千帆通過宋人學習杜甫、韓愈之詩，來論述宋詩的獨特面目和風格——「以文爲詩」。參見〈從宋詩到白話詩〉，葛兆光，文學評論，1990年四期；〈韓愈以文爲詩說〉，程千帆，古代文學理論研究叢刊第一輯。他們指出宋詩普遍有散文化的傾向，這是不錯的。但是我們必須體認，詩人詩歌散文化的程度有深淺之別，誠齋則是之中詩歌散文化程度非常深的，尤其是山水詩。除了宋代整個詩壇風氣的影響外，就個人學詩的心路歷程而言，誠齋在此方面無疑是師承樂天。

　　沙已成洲，大洲已成山。山有樹百尺，樹圍屋數間。水底
　　復生洲，沙濕猶未乾。從此洲愈多，安得水更寬。憶從嚴
　　陵歸，水落不能湍。拖以數僮僕，折卻十竹竿。今茲過吾
　　舟，念昔猶膽寒。(〈柴步灘〉，《詩集》卷二十四)

此詩不僅全無用典，意義曉暢明白，讀來簡直就像一篇敘事韻文，毫無意象密集、語序錯綜的唐詩特質。這首詩雖然明白淺易，詩意卻層次曲折：始敘柴步灘的地理形勢，點出上灘行舟之難；其次說明形成柴步灘地勢的成因；然後回憶昔日行舟之險。最後拉回現實，又再度心悸昔日之險。由於詩意的跌宕生姿，加深了詩歌的張力，深具藝術感染力，無怪乎陳衍要說：「作白話詩當學誠齋，看其種種不直致法子。」(《宋詩精華錄》卷三)

　　誠齋早期山水詩如江湖集〈題湘中館〉、〈除夕前一日歸舟泊曲渦市宿治平寺〉之類作品，用典仍不少。淳熙五年元旦，常州覺悟之後〔註25〕，作詩就少用故實，尤其是絕句；即令有，也「多暗用、活用，似繫風捕影，未有跡也」〔註26〕。也因此，誠齋許多佳篇名作，幾乎都是典型的白話詩，誠如胡明所說：

　　即興而唱，發乎自然，如行雲流水，清新含媚，但又不一
　　說而盡，使人一目了然〔註27〕。

由此可見，誠齋是大量運用白話抒寫山水詩，堪稱成功的典範。

二、不避俚俗　化俗為雅

　　除了運用日常語言，以散文化句式寫山水詩外，誠齋還援引大量的俚語俗語入詩，化俗以為雅，於其山水詩中體現出一種親切而生動的勃勃生機：

〔註25〕誠齋詩集《荊溪集》自序：「戊戌(孝宗淳熙五年)三朝，時節賜告，少公事，是日即作詩，忽若有悟。于是辭謝唐人及王、陳、江西諸君子，皆不敢學，而後欣如也。試令兒輩操筆，予口占數首，則瀏瀏焉，無復前日之軋軋矣。」
〔註26〕參見歐陽炯〈楊誠齋詩研究〉國立編譯館館刊十二卷一期。
〔註27〕見胡明《南宋詩人論》頁62，學生書局。

溪霞晚紅濕，松日暮黃輕。只麼秋殊淺，如何氣許清。（〈秋日晚望〉詩集入五）

幸自輕陰好片秋，如何餘熱未全休？大江欲近風先冷，平野無邊草亦愁！（〈豫章江皋二絕句〉其一，《詩集》卷六）〔註28〕

竹逕殊疎欠補栽，蘭芽欲吐未全開。初暄乍冷飛猶倦：一蝶新從底處來？（〈淨遠亭午望〉二首其二，《詩集》卷八）

天公要飽詩人眼，生愁秋山太枯淡：旋裁蜀錦展吳霞，低低抹在秋山半。……（〈夜宿東渚放歌〉三首其三，《詩集》卷二十六）

路入宣城山便奇，蒼虬活走綠鸞飛。詩人眼毒已先見，卻旋裹雲作翠幃。（〈曉過花橋入宣州界〉四首其一，《詩集》卷三十二）

搗藍作雨兩宵傾，生怕難乾急放晴。一路東皇新曬染，桑黃麥綠小楓青。（〈寒食前一日行部過牛首山〉七首其六，《詩集》卷三十四）

溪行盡處卻穿山，忽有人家併有田。幸自驚心小寧貼，誤看田水作深川。（〈明發祁門悟法寺溪行險絕〉六首其四，《詩集》卷三十四）

恰則油煎雨點聲，霎時花嶼日華明。不須覆手仍翻手，可殺春雲沒十成？（〈舟過安仁〉五首其一，《詩集》卷三十五）

　　案「只麼」為俗語，猶云只如此；「幸自」意為「本來，原是」；「底處」乃「何處」之謂；「生愁」為口語，猶言「就是愁」；「眼毒」，俗語，即眼尖、眼厲害，別人未見他先見到的意思；「生怕」為俗語，

〔註28〕按「大江欲近風先冷」，四部叢刊初編本作「風光」，而烏絲闌朱校本、四部備要本、及周汝昌選注本皆作「風先」。竊以為當作「風先」為是。

猶言「只恐怕」；「小寧貼」意謂「稍為放了心」；「恰則」，適才、剛才；「可殺」猶言「可是」？「沒十成」，俗語，猶言沒定準、出爾反爾〔註29〕。此外，誠齋山水詩中的俗語尚有「拼卻」、「著腳」、「作麼生」、「打閑」、「打頭」、「片子時」等等，不再列舉了。雖是當時口語俗語，但我們仍能從上下文的關連，猜出大意。由上列詩觀來，詩句雅俗參半，參伍用之，由於前後左右烘托得法，俗句為雅意所化，故讀來不覺鄙俗，是運用「以雅化俗」的轉化途徑〔註30〕，獲得成功的典範。更何況，這些俚語又有提供研究宋代語言的參考價值。據梅祖麟先生稱；美國有某學者，企圖研究誠齋集中的方言俗語，以推測還原南宋的口語方言情形。故陳衍《石遺室詩話》謂：

> 誠齋又能俗語說的雅，粗語說得細。

李樹滋亦稱美：

> 用俗語作詩，莫善於楊誠齋。(《石樵詩話》卷四)

「化俗為雅」的作法，前人如杜甫、蘇軾、黃庭堅、陳師道等，早已有之，不過誠齋於山水詩中運用得更為廣泛，更為成熟，更為得心應手。值得一提的是，誠齋以為「以俗為雅」，必須有相當的分寸，若作詩火侯不夠，實在不可輕易嘗試，所用俗語，亦須曾經前輩取鎔，方可因承〔註31〕。

三、詞微意深　委婉多諷

「誠齋體」的語言運用，已見上述，但是誠齋山水詩語言的表現

〔註29〕 此處注解曾參考周文昌選注《楊萬里選集》，上海古籍出版社，1979年5月。
〔註30〕 見張高評〈宋詩與化俗為雅〉。
〔註31〕 《誠齋集》卷六十六〈答盧誼伯書〉：「寄新作兩軸，盤病手，摩老眼，疾展快讀，……惟詩似未甚進。蓋體未宏放，句未鍛鍊，字未汰擇，借使一兩聯可觀，要之未可摘誦，令人洞心駭目也。如『成敗蕭何』等語，此不應收用。詩固有以俗為雅，然亦須曾經前輩取鎔，乃可因承爾。」蓋作詩工力火候未到家時，實不宜輕易嘗試。這是誠齋對「以俗為雅」所持的態度。

技巧，另有含蓄深婉一路，且此方面的表現與其詩論密切關連〔註32〕。
在進入本題討論之前，讓我們先看看他的詩論：

> 太史公曰：「國風好色而不淫，小雅怨誹而不亂。」左氏傳
> 曰：「春秋之稱，微而顯，志而晦，婉而成章，盡而不汙。」
> 此詩與春秋紀事之妙也。

> 近世詞人，閒情之靡，如「伯有所賦、趙武所不得聞」者，
> 有過之，無不及焉。是得為好色而不淫乎？惟晏叔原云：「落
> 花人獨立，微雨燕雙飛。」可謂好色不淫矣！唐人長門怨
> 云：「珊瑚枕上千行淚，不是思君是恨君。」是得為怨誹而
> 不亂乎？惟劉長卿云：「月來深殿早，春到後宮遲。」可謂
> 怨誹而不亂矣。近世陳克詠李伯時畫寧王進史圖云：「汗簡
> 不知天上事，至尊新納壽王妃。」是得謂為微為晦為婉為
> 不汙穢乎？惟李義山云：「侍宴歸來宮漏永，薛王沈醉壽王
> 醒。」可謂微婉顯晦，盡而不汙矣。（《誠齋詩話》）

藝術創作中，情感與思想的關係到底如何？究竟要不要受儒家政治思
想、倫理道德的規範呢？這是中國古代文學史上，論藝術表現情理論
的一大課題〔註33〕。在本論文第五章裡，吾人分析誠齋山水詩的思想
內容，可以發現在抒發個人生活情趣，以及對大自然的感受方面，誠
齋總是任其活潑之性靈，盡情表現；而陳述愛國思想、諷議時政時，
他卻不慍不火，「發乎情、止乎禮義」〔註34〕，由前面所引的詩論看
來，正符合他自己所要求的中庸原則。那麼情理中和，又該如何做到
呢？微妙之詩，易患晦澀；忠摯之作，每嫌意露；委婉者，或恐不能
盡表情思；暢直者，或不免流於傖俗怨恣，所謂「不淫」、「不亂」，

〔註32〕 關於誠齋的詩論，可以參見張健〈楊萬里文學理論研究〉《國立編譯
　　　　館館刊》九卷一期；周啓成《楊萬里與誠齋體》第五章——詩歌理
　　　　論，上海古籍出版社；陳義成《楊萬里研究》第四篇第二章——詩
　　　　論 71 年中國文化大學中文研究所博士論文。均有詳細論述。

〔註33〕 見張少康《中國古代文學創作論‧論藝術表現的辯證法》——「情
　　　　與理」；曾祖蔭《中國古代文藝美學範疇‧情理論》。

〔註34〕 《毛詩大序》：「至於王道衰，禮義廢，政教失，國異政，家殊俗，
　　　　而變風、變雅作矣。……變風發乎情，止乎禮義。」

何其難哉！由誠齋所舉正反詩例來看，「微雨燕雙飛」，雖寫燕實乃寫人，與「落花人獨立」連綴，情意盎然，可謂情景兼描。劉長卿以「春」象徵皇恩，而不直言「君」，復以「早」與「遲」對比，寓意宮女的幽怨，比直說「恨君」，更見恨之纏綿，豈不高妙！「月色撩人春思，月亮象徵團圓，甚至還寓托一些美好的回憶，何等豐富的情意！」〔註35〕李商隱通過薛王沈醉壽王醒的對比，透露壽王的寢食難安，悲痛己妻為父所奪，而作者對玄宗的諷刺，也不言而喻，對比成諷，意在言外。反觀「至尊新納壽王妃」，何等直致魯莽！可見要達到「微婉顯晦、盡而不汙」的標準，必須宅心忠厚，胸襟寬廣，落筆角度，要能別識心裁。同時技巧運用上，「要用暗示的方式表現，有時是轉折一番，有時是寫態見心。」〔註36〕鍊字度句、反諷、對比、烘托之類藝術技巧，能適時運用，自然能以形寫神。

　　觀前引誠齋之詩論，誠齋對晚唐詩似乎情有所鍾。他以為晚唐諸子有風雅之遺音：

> 晚唐諸子雖乏二子（指李、杜）之雄渾，然好色而不淫，怨悱而不亂，猶有國風，小雅之遺音。（《誠齋集》卷八十三〈周子益訓蒙省題詩序〉）

> 《三百篇》之後此味絕矣。唯晚唐諸子差近之。〈寄邊衣〉曰：「寄到玉關應萬里，戍人猶在玉關西。」〈弔戰場〉曰：「可憐無定河邊骨，猶是春閨夢裡人。」……《三百篇》之遺味，黯然猶存也。（《誠齋集》卷八十三〈頤菴詩稿序〉）

可見誠齋不僅欣賞晚唐詩之吟詠情性，富于韻味的藝術特質〔註37〕，更稱美晚唐作品存有《三百篇》之遺味。這是誠齋欣賞並加以學習的原因〔註38〕。依誠齋之意，《三百篇》之遺味，係指作品具「微婉顯

〔註35〕引自張健〈楊萬里文學理論研究〉。

〔註36〕同前註。

〔註37〕論述已見本論文第四章第三節正文、及註40、註42。此處從略。

〔註38〕誠齋詩集《荊溪集》自序：「予之詩始學江西諸君子，既又學后山五字律，既又學半山老人七字絕句，晚乃學絕句于唐人。」誠齋深嗜

晦、盡而不汙」的美學原則，所引發的一種寄託深遠的言外之味。

　　誠齋認爲反映時政、諷議國事時，必須怨而不怒，哀而不傷，言近旨遠，盡而不汙，其論詩若如此，其詩歌創作之實踐，亦與之印合。反觀山水詩中「感憤國事、諷議時政」之作，方知誠齋乃理論與創作合拍之詩人。

　　劉大杰《中國文學發展史》指出，誠齋的詩歌也有傷時感事之作，但質、量方面都不如陸游〔註39〕。平心而論，就量的方面來說，誠齋確不如放翁；若就質的方面而言，筆者以爲則未必然，惟表現方式隱顯有別而已，放翁字裡行間無不洋溢著慷慨激越之音〔註40〕，誠齋則含蓄蘊藉得多了。或許透過實例來比較說明，更能令人體認深刻，如：

　　蜀棧秦關歲月道，今年乘興卻東游。全家穩下黃牛峽，半醉來尋白鷺洲。黯黯江雲瓜步雨，蕭蕭木葉石城秋。孤臣老抱憂時意，欲請遷都涕已流。（〈登賞心亭〉，《劍南詩稿》卷十）

　　此日淮壖號北邊，舊時南服紀淮壖。平蕪盡處渾無壁，遠樹梢頭便是天。今古戰場誰勝負，華夷險要豈山川？六朝未可輕嘲謗，王謝諸賢不偶然。（〈舟過楊子橋遠望〉，《詩集》卷二十七）

晚唐，曾謂：「謂唐人自本杜之後，有不能詩之士者，是曹丕火浣之論也！謂詩至晚唐有不工之作者，是栢靈寶哀梨之論也！」（《誠齋集》卷八十一〈唐李推官披沙集序〉）「晚唐異味同誰賞？近日詩人輕晚唐」（《詩集》卷二十七〈讀笠澤叢書三絕句〉其一）「五七字絕句最少而最難工，雖作者亦難得四句全好者，晚唐人與介甫最工於此。」（《誠齋詩話》）可知〈荊溪集自序〉中所謂唐人，係指晚唐諸子。

〔註39〕見劉大杰《中國文學發展史》頁 721，華正書局。陸游與誠齋同爲南宋四大家之一，陸游長誠齋兩歲，時代背景相同，前人每將兩人並列比較。

〔註40〕見葉慶炳《中國文學史》下冊頁 142，學生書局；〈陸游詩歌主題瑣議〉，收于胡明《南宋詩人論》學生書局；〈陸游詩的特色與造詣〉，金韋、陸應南，收入在《宋詩論文選輯》，復文出版社；《陸游名篇賞析》前言，北京 10 月文藝出版社；《陸游詩文選注》前言，孔鏡清，上海古籍出版社，等之論述。

陸游於尾聯直接道出自己的一片赤膽忠心，我們彷彿看見一位老淚縱橫，爲了國家朝廷，九死其猶未悔的愛國詩人形象。誠齋的詩相形之下，則顯得冷靜多了，雖未明言自己的愛國情懷，全詩從頭到尾，卻是貫穿關心國事之情。首先道出今昔疆界之更易，接著說一望平川，並無防守之備，平野極目遠處與天相連，地平線以內了無遮阻，借著客觀形勢的描寫，似乎諷刺邊防守備不夠。然而頸聯語意陡轉，謂僅靠兵備險要就能一勞永逸嗎？尾聯揪出一向被人瞧不起的東晉，誠齋以爲其所以能立國禦敵者，以尚有王、謝諸人材在，未可輕視，弦外之音，似乎「南宋恐怕連東晉也不如了吧」？撇開正面道出，不露機鋒，側筆見態，並不說盡，語極曖昧，意味深長〔註41〕。誠齋的愛國山水詩篇，往往是透過這種暗示轉折的方式，側筆烘托，來達到他自己所要求的「詞微意深，委婉多諷」的標準。

綜觀誠齋山水詩語言之運用，以日常語言、俚語俗話入詩，不僅反映宋詩特色，且是個中翹楚。另一方面，又繼承晚唐詩「微婉顯晦、盡而不汙」的美學原則，表現「感憤國事、諷議時政」的愛國山水詩篇，是具體實踐其詩論，異於愛國詩人陸游的藝術表現。誠齋被譽爲南宋四大家之一，良有以也。

第三節　構思之靈妙

在前一章節「詞微意深，委婉多諷」中，筆者曾提到誠齋「味」的詩論，儘管他是以傳統詩教「溫柔敦厚」的角度，來詮釋晚唐詩的美學理論，並借以評價它的藝術成就，但是誠齋同時也注意到晚

〔註41〕周振甫《詩詞例話》謂：「含蓄的手法最易和諷刺相合，是詩中的春秋筆法。」又「含蓄同隱晦不同，詩裡不明白說出的意思，人家看了自然懂是含蓄；人家看不懂，要費很大勁去猜還猜不透，是隱晦。所以要瞭解含蓄的詩，還需要具備兩個條件：一懂得詩中的語言和典故；二懂得詩中寫的故事背景。」只要我們了解南宋的政治背景，破除了時代的限制，誠齋這類愛國山水詩並不難懂，是含蓄。

唐詩吟咏情性的一面，終於導致他詩風的轉變〔註 42〕。形成誠齋體活潑俏皮、自然質直的語言美感，與飛動馳擲〔註 43〕、透脫靈活的詩歌趣味。誠齋山水詩語言的表現，論述俱見前節；至於透脫靈活的詩趣，主要得力於透脫的胸襟；拋開江西詩派點化前人詩句典故的包袱，覺悟作詩須吟咏自家情性，轉化江西詩派的「活法」。誠如王守國所說：

> 江西詩派的「活法」重點在「法」──多指詩法、句法等
> 創作技巧；誠齋的「活法」則重點在「活」──運用法則
> 之活，觀察事物之活，造句謀篇之活〔註 44〕。

此所謂的「活」法，指的正是誠齋詩構思的靈妙──尤其山水詩構思上的藝術表現。約有以下三端：

一、層次曲折　變幻多姿

陳衍《宋詩精華錄》云：

> 作白話詩，當學誠齋，看其種種不直致法子。

意謂：誠齋擅寫白話詩，而又不流於淺露低俗，妙方在於造句謀篇的曲折頓挫。吾人試看以下詩例：

> 寒裡〔註 45〕船門不可開，試開一望興悠哉。空濛煙雨微茫
> 樹，都向湖光外面來。(〈過寶應縣新開湖〉十首其一，《詩集》
> 卷三十)

紹熙元年，送伴金國賀旦使北歸後，作者乘舟返京途中經新開湖，雖

〔註42〕　詳見本論文第四章第三節。

〔註43〕　方回《桐江續集》〈讀張功父南湖集并序〉，論南宋四大家詩風云：「梁溪之橘淡細膩，誠齋之飛動馳擲，石湖之典雅標緻，放翁之豪蕩豐腴，各壇一長。」其論誠齋之處，頗得誠齋體的精神。見本章第五節詩風之呈現。

〔註44〕　參見王守國〈誠齋詩源流論略〉《中州學刊》1988 年第四期。

〔註45〕　四部叢刊本、中央圖書館藏烏絲闌朱校本、四部備要本，皆作「寒裡」，惟江蘇古籍出版社出版《中國古代山水詩鑑賞辭典》卻作「寒裏」，不知版本何據，無從考查。唯「裏」字將可感而不可見的寒意形象化、視覺化，更具藝術效果，故在此聊備一說。又本詩評析曾參考此書，見頁 794。

春寒料峭（其五有「湖堤插柳早青蔥」句），行舟水上倍感寒氣之重，卻又按捺不住想一飽眼福的衝動。先前瑟縮，後來船門大膽地的洞開，只見細雨輕揚漫捲，似霧如煙，遠處岸上點點微茫樹影，泛著清冷的湖水，依稀可見。此詩本欲寫眺望湖景，開頭卻極力渲染寒氣之重，船門不可打開，先設一道屏障，為下文的反跌作勢，此種「欲擒故縱」的手法，使本詩更添一層曲折的趣味。詩中運用心理流程的急升陡降。將「船門不可開」與「試開一望興悠哉」，兩極的情緒壓縮在一起，造成情趣的猝然衝動，形成情緒的頓挫美〔註46〕，正是「誠齋體」的擅場。《陳石遺先生談藝錄》云：

> 宋詩中如楊誠齋，非僅筆透紙背也，言時摺其衣襟，既向裡摺，又反而向表摺，因指示曰：他人詩只一摺，不過一曲折而已；誠齋則至少兩曲折。他人一摺向左，再摺又向左；誠齋則一摺向左，三摺總而向右矣。生看誠齋集，當於此等處求之〔註47〕。

所言極是！此種曲折手法，最具頓挫之姿，最見一唱三歎之妙。

再如：

> 天齊浪自說浯溪，峽與天齊真箇齊。未必峽山高爾許，看來只恐是天低。（〈峽山寺竹枝詞〉五首其五，《詩集》卷十六）

首句言浯溪齊天之說為無根之談，二句筆峰一轉，謂此峽真與天齊；三、四句卻又否定前言，謂恐是天低而襯出峽高吧！短短二十八字中有二折轉，三層次，縱橫出沒，莫可臆度。又如：

> 青天白日十分晴，轎上蕭蕭忽雨聲。卻是松梢霜水落，雨聲那得此聲清。（〈明發房溪〉二首其二，《詩集》卷十七）

首句說天氣晴朗，次句突作意外的轉折，「轎上蕭蕭忽雨聲」，構成懸念，逗出下兩句。原來這並非從天而降的「雨聲」，而是松梢凝霜融化後滴落的霜水聲。按一般絕句寫法，三、四句只消針對第二句加以

〔註46〕參見吳功正〈論頓挫美〉，《學術論壇》，1990年第一期。
〔註47〕轉引自陳義成《楊萬里研究》，頁595，71年文化大學中文研究所博士論文。

解釋即可，而誠齋卻於第三句直接揭開謎底，再回頭將「霜水聲」與一般「雨聲」作一比較，使詩意多了一層曲折，詩境更添一深邃——松梢霜水的冷冷清韻，伴著詩人松林之行〔註48〕。上舉二詩，結構安排上，曲折變化，莫可臆度，造成詩歌情節頓挫之美〔註49〕。第一首「天齊浪自說浯溪」起無端，破空而行，以下又反覆否定前言，答以意外之解釋；第二首一、二句作沒頭沒腦無從理會語，再點明答案。似此種層次曲折的表現手法，正是宋詩「打諢出入」的特色，並蘇軾、黃庭堅所擅長〔註50〕；誠齋則結合口語白話，將之廣泛運用到山水詩中，並獲得不錯的藝術成就，可見陳衍之譽，實非浪言。

其他如〈除夕前一日歸舟夜泊曲渦市宿治平寺〉（《詩集》卷一）、〈休日登城〉（卷八）、〈夜宿東渚放歌〉三首其一（卷二十六）、〈雪霽曉登金山〉（卷二十八）諸詩，或壓縮情緒，以述宦程艱辛之苦，造成情緒頓挫之美；或結構曲折，以述登城所見；或文意曲折，以見山色之美；或結構安排卒章顯志〔註51〕，表達愛國之憂思，皆為層次曲折，變幻多姿之佳篇。

二、慣用擬人　想像豐富

吾人凝神觀照外物，在不知不覺中渾然忘我，遂將己之情感、意志、動作等心理活動，外射到物的身上，使死物生命化，無情事物有情化，美學上謂之「投射」、「移情作用」，或曰「擬人作用」〔註52〕。用之於詩，在修辭學上稱為「轉化」、「擬人化」。中國歷來詩篇裡不乏此種筆法，宋代詩人多用，所謂「以物為人」者，蘇東坡、黃山谷

〔註48〕　此詩之評析，參閱《宋詩鑑賞辭典》，頁 1080，上海辭書出版社。
〔註49〕　同註47。
〔註50〕　參見張高評〈宋詩與化俗為雅〉。
〔註51〕　卒章顯志，是白居易的主張。本意指在詩的結尾處顯示主題，把作者所要揭示的思想，像電光石火般地透射出來，審美上則造成頓挫之美。說見吳功正〈論頓挫美〉。
〔註52〕　參見朱光潛《文藝心理學》第三章，漢京文化事業公司，民國 76 年 3 月。

詩，最爲擅長〔註53〕，而誠齋詩集中尤爲慣技；他人於詩詞中頂多一、二句用之，誠齋則往往全篇以擬人法寫成；一般詩人多半借著擬人法來體現自己心中的意念或情緒，他們運用擬人法的重點在處理人事〔註54〕。誠齋使用擬人法的興趣，則偏在山水詩篇中，或用以表現幽默感〔註55〕，或將山水形象化，如：

　　烏臼平生老染工，錯將鐵皂作猩紅。小楓一夜偷天酒，卻
　　倩孤松掩醉容〔註56〕。（〈秋山〉二首其二，《詩集》卷二十六）

烏臼樹做了一輩子的老染工，用自己繽紛的色彩，把大地調染成紅色，一年又一年。但由於辛勞過度，日上年事已高，不免老糊塗，只顧著打扮別人，卻弄錯了染料，誤把鐵皂當作猩紅，將自己的種子染成黑褐色。淘氣的小楓夜裡偷喝天酒，只好懇請身旁的的松樹來遮掩自己滿臉通紅的醉容。將烏臼、小楓人格化，詩人抓住秋色的特徵，描繪了秋天山容樹色青紅斑駁的美麗。老烏臼的敦厚、小楓的淘氣，於是就形象化地浮現在吾人眼前，其想像之奇特，極富浪漫情調。又如：

　　萬山不許一溪奔，攔得溪聲日夜喧。到得前頭山腳盡，堂
　　堂溪水出前村〔註57〕。（〈桂源鋪〉，《詩集》卷十五）

〔註53〕參見蘇雪林〈蘇詩之喜用擬人法以童心觀世界〉，暢流，四十五卷八
　　　　期。

〔註54〕例如王維〈積雨輞川莊〉：「野老與人爭席罷，海鷗何事更相疑？」
　　　　杜甫〈春望〉：「感時花濺淚，恨別鳥驚心。」劉長卿〈新年作〉感
　　　　慨自己被流放異鄉，逢年遇節，倍感淒涼，遂云：「嶺猿同旦暮，江
　　　　柳共風煙。」李商隱〈蟬〉以擬人法詠蟬寫宦海無情。歐陽修〈蝶
　　　　戀花〉：「淚眼問花花不語」晏幾道〈蝶戀花〉：「紅燭自憐無好計，
　　　　夜寒空替人垂淚。」宋祁〈玉樓春〉：「東城漸覺風光好，縠皺波紋
　　　　迎客棹。」李之儀〈謝池春〉：「且將此恨，分付庭前柳」……等，
　　　　皆以擬人法處理人事。

〔註55〕請見本章第一節。

〔註56〕烏臼，即烏桕，落葉喬木，秋天樹葉變紅，結子爲黑褐色。鐵皂、
　　　　猩紅均指顏料，前者褐色，後者爲大紅色。此詩之評析曾參考毛谷
　　　　風《宋人七絕選》頁204，書目文獻出版社，1987年3月。

〔註57〕「堂堂溪水出前村」一句，四部叢刊本有缺漏，筆者據四部備要本、

山與溪鬥，但山有盡處，將奈溪何？溪終能昂然而出。「堂堂」二字，《論語》子張篇：「堂堂乎張也！」用以形容人的氣宇軒昂，威不可犯；《孫子》軍爭篇：「勿擊堂堂之陳」用以形容軍容壯盛，而誠齋轉用將山水擬人化，可見用字之妙。

　　山不僅與溪鬥，山也與山爭，猶如狡獪的猢猻；且山更欲與人爭勝，見人上嶺，山就更升高：

> 遠山高絕近山低，未必低山肯下伊！定是遠山矜狡獪：跳青湧碧角幽奇。
>
> 嶺下看山似伏濤，見人上嶺旋爭豪。一登一陟一回顧，我腳高時他更高！（〈過上湖嶺望招賢江南北山〉四首其一、其二，《詩集》卷二十六）

第二首於描寫山勢伏濤中，也隱含著人生哲理。山峰象徵著人生目標，人生是一場永無休止的競賽與奮鬥，不僅與他人競賽，也向自我挑戰。有時得意贏過他人時，若不更加努力求進步，則有被人超越之虞；有時眼見目標在望，若稍事停留，則目標又遙不可及。此種理趣詩，亦誠齋特色之一（已見前節論述，此不再言）。此外，「團結就是力量」！山還和江神聯手來捉弄人：

> 前山欺我船兀兀，結約江妃行小譎：乘我船搖忽遠逃，見我船定還孤出！老夫敢與山爭強，受侮不可更禁當，醉立船頭看到夕，不知山於何許藏？（〈夜宿東渚放歌〉三首其一，《詩集》卷二十六）

借著江山與人相鬥，將船隻任隨波濤，或搖或定，船搖山遁、船定山出的情形，用「化靜為動」的方式描繪山嶽的形象，有很傳神的形容。較東坡詩「青山久與船低昂」，更富諧趣。

　　除外，如〈登烏石寺〉云：「小亭解事知儂倦，翼然飛出青山半。」（《詩集》卷六）；〈宿小沙溪〉二首其一，云：「樹捧山煙補缺雲，風

中央圖書館藏烏絲闌朱校本訂補。

揉花雨作香塵。」（卷八）；〈暮熱游荷池上〉五首其三，云：「荷花人
暮猶愁熱，低面深藏碧傘中。」（卷九）〈雪溪〉：「雪水相留別無計，
卻將溪曲暗添程。」（卷十三）；〈午過橫林回望惠山〉二首其二，云：
「恨殺惠山尋不見，忽然追我到橫林。」（卷二十七）諸詩，在誠齋
筆下，宇宙萬物皆有生命、有情感，與人無異。他人寫山水多描繪山
水靜態美，誠齋則擅長運用擬人化的手法，以動示靜，化靜爲動，不
僅使詩具繪畫美〔註58〕，且詩中山水形象與詩人活潑之性靈相結合，
山水形象即詩人性格的投影。此種抒情寫意，強調神餘象外，「以神
寫形」的手法〔註59〕，呈現出山水瞬息萬變的動態美，詩中亦洋溢著
浪漫主義的色彩。葛天民稱讚誠齋詩「死蛇解弄活潑潑」（《葛無懷小
集》），殆有見於誠齋山水詩善用擬人，化靜爲動之特色，可謂慧眼獨
具。

三、神於體物　生意活脫

　　宋人欲在唐人後別闢天地，分庭抗禮，不得不變唐人之所已能，
發唐人之所未盡，因此宋人體察之深入，著筆之細緻，實出唐人之
上〔註60〕，這又是宋代詩人留心於別裁，致力於創獲，以「自成一

〔註58〕參見張高評《宋詩之傳承與開拓》頁466～467。蓋化靜爲動的景象
　　　　塑造，可使藝術形象自然氣韻生動，富於繪畫美。文史哲出版社，
　　　　民國79年2月。

〔註59〕形神關係問題，是中國古代探討藝術形象塑造的美學課題之一。所
　　　　謂「以神寫形」，是力圖通過抒情寫意強調神餘象外，來獲得形神統
　　　　一；「以形寫神」則強調藝術創作，要從現實關係出發，在形似的基
　　　　礎上求神似，力求按照生活本來的面貌來描寫生活。參考曾祖蔭《中
　　　　國古代文藝美學範疇》，又參見本論文第三章第二節註18。竊意誠
　　　　齋運用擬人法塑造山水形象，想像奇特，不是按山水現實的面貌來
　　　　描寫以求傳神，其興趣在抒情寫意，通過對自然山水主觀感受的描
　　　　寫，寫意以傳神，極富浪漫主義之精神。

〔註60〕龔鵬程指出宋詩的基本風貌之一，在於主意主理的創作型態，以意

家」期許的表現〔註61〕。除了用心設計層次，轉詩意轉折形成頓挫美外〔註62〕，誠齋更神於體物〔註63〕，山水景物在他筆下，直是生意活脫，如：

> 梅於雪後較多花，草亦晴初忽幾芽。河凍落痕餘一寸，殘冰閣在柳根沙。（〈雪齋出城〉，《詩集》卷八）〔註64〕。

此詩寫初春雪後郊景，清朗如畫。尤其三、四句描寫融冰時河面降低，所以原來的殘冰比現時水面高出一寸，還留有痕跡掛在柳根上呢！此乃借鏡畫法，略去動態，表現靜態空間之圖景，以結果顯示過程，具濃烈之「詩中有畫」效果〔註65〕。

再如：

> 十里長壕展碧漪，波痕只去不曾歸。鷺鷥已飽渾無幹，獨立朝陽理雪衣。（〈壕上書事〉，《詩集》卷十一）

煉象（見〈知性的反省——宋詩的基本風貌〉）；曾克耑〈唐詩與宋詩〉、繆鉞〈論宋詩〉也指出宋人用思之深入，運思造境貴深折透闢、出人意表。以上三篇皆收錄在《宋詩論文選輯》裡。

〔註61〕 見張高評〈宋詩特色之自覺與形成〉。

〔註62〕 見本節一、「層次曲折、變幻多姿」。

〔註63〕 體物乃詠物詩之技法，源於賦之技法。陸機《文賦》：「詩緣情而綺靡，賦體物而瀏亮。」乃指運用敏銳的觀察，對事物的特色，作深刻之描繪。若能使事物難以傳述的情狀，表現出活靈活現的神態，是謂「體物入神」。（參見黃永武《詩與美・詠物詩的評價標準》，洪範書店，民國76年12月），而以賦之體物融入詩之緣情中，則有助於詩中描寫形象之逼真妙肖。（參見張高評《宋詩特色之開拓與傳承》頁261）。

〔註64〕 此詩四部叢刊本題作「雪齋出城」。按：由內容來看，當作「雪齋出城」爲是，並據中央圖書館藏烏絲闌朱校本、四部備要本改。又「閣」，即「擱」。「沙」，南方泛稱水邊、水中的地爲沙，如岸沙、洲沙。參見周汝昌《楊萬里選集》，頁70。

〔註65〕 詩畫異質，詩歌爲語言藝術、時間藝術，長於表現時間流動過程中之形象，表現技法，往往化靜爲動，化場面爲過程。繪畫則爲造型藝術、空間藝術，長於表現靜態空間之圖景，故往往化動爲靜，化過程爲結果，化時間爲空間。然而作詩若能借鏡畫法，則具有濃烈之「詩中有畫」效果。（參見史雙元〈詩中有畫的再認識〉，《學術月刊》1984年五期、張高評《宋詩特色之自覺與形成》頁281）。

冬日清晨，詩人獨立壕上靜觀碧漪波痕，無獨有偶，鷺鷥也正映著朝旭整一身雪白的衣裳。詩境一片潔白清朗，物我相得，可見詩人必於相當距離外，欣賞鷺鷥的悠閑。康德《判斷力批判》一書所謂：「美是無一切利害關係的愉快的對象。」可見美感是把對象放在距離之外去欣賞。於此，誠齋的體貼用心，觀察生物行為的細心，展露無遺。又如：

> 還家五度見春容，長被春容惱病翁。高柳下來垂處綠，小
> 桃上去末梢紅。……（〈南溪早春〉，《詩集》卷三十七）

鮮豔的春容恰與病翁的衰老成對比，無怪乎詩人歎老中，隱藏著不服老的情緒。早春的柳條返綠，開始於下垂的枝條末端，故云：「垂處綠」；桃花初綻，則從上伸的枝條末端開始，故謂「末梢紅」。這一上一下的描寫，將春天來臨景物的變化，精準地指出，觀察可謂細入毫端，體物可謂神妙入理矣。又如：

> 官壕水落兩三痕，正是初秋雨後天。菱荇中間開一路，曉
> 來誰過采蓮船。（〈七月既望晚觀菱壕〉，《詩集》卷十）

> 城外城中雪半開，遠峰依舊玉崔嵬。池水綻處縈如線，便
> 有鴛鴦浮過來。（〈郡圃殘雪〉三首其三，《詩集》卷十一）

第一首詩，誠齋細察出水面漲落時，在岸邊所留下的痕跡，及以叢聚的菱荇被採蓮船分隔開，所形成一條通路似的豁口，也是化過程為結果，借鏡畫法，使詩具畫意。第二首詩，描寫天候乍暖還寒，池水稍融，綻出一線水路時，鴛鴦已迫不急待的悠游戲水。這種大自然生物的變化，被細心的誠齋發覺而捕捉入詩，可謂體物入神，生意活脫。

　　此外，如〈淨遠亭午望〉二首，其二描寫池水初漲，野鴨不知詩人躲藏亭欄，雙浮欲近。其二描寫初暄乍冷、新蝶飛倦（《詩集》卷八）；〈出眞陽峽〉十首其八，描寫春流退後，水痕猶印石間茅，浮槎掛江邊樹梢（卷十八）諸詩，皆神於體物之佳作。

　　綜合本節所論，可知誠齋白話詩所以寫得好，除善於化俗為雅外（已見前節），還擅長設計層次，廣泛運用擬人法，將山水形象化，

生動傳神。並且體物入神，使山水詩充滿活脫之生意，也將其活潑靈動的性靈展露無遺。其詩所以活潑，實乃構思靈妙所致！

第四節　時空之設計

「研究詩的時空設計，在中國詩歌裡特別重要，因爲詩的素材，不外時、空、情、理」〔註66〕，事實上這也是研究誠齋山水詩不容忽視的一環，因爲這方面的表現，亦是誠齋的擅場。除了規摹畫法與佈局，繼承「詩中有畫」的藝術傳統外，誠齋山水詩中的時空設計，與現代攝影、電影藝術有異曲同工之妙，尤其這是造成誠齋體「清新自然」，與「飛動馳擲」詩風的關鍵所在，是以本節專門探討誠齋山水詩中時空之設計。

一、規摹畫法　詩中有畫

中國古代藝術創作與藝術評論，十分講究虛和實的運用，而藝術形象塑造上的虛實相結合，是古代虛實理論常見的內涵之一，欲使虛實結合得到和諧地的統一，典型的概括是非常重要的。我國古代繪畫很注意畫面上空白部分的發揮，讓無畫處（即空白部分）烘托有畫處，有畫部分引起觀賞者聯想，使空白部分產生妙境，期使咫尺之幅而有千里之勢；詩歌與繪畫雖爲兩種不同性質的藝術，然而兩者關係，又是「異迹而同趣」之姊妹藝術，就詩畫意境而言，兩者皆重視虛實相成，以無作有〔註67〕。繪畫虛實相成的表現手法，已見上述，詩歌文

〔註66〕　見黃永武《中國詩學》設計篇，頁 43，巨流圖書公司，民國 78 年 11 月。

〔註67〕　參考張少康《中國古代文學創作論》頁 205～218，北京大學出版社；曾祖蔭《中國古代美學範疇》第三章虛實論，文津出版社；宗白華《美學與意境》——中國藝術表現裡的虛和實，頁 320～324，淑馨出版社。

又詩畫「異迹而同趣」，可參考張高評《宋詩特色之自覺與形成》，以爲就創作構思、詩畫意境、藝術風格、形象塑造、藝術功用五端而言，詩歌與繪畫頗相類似，可以彼此相互取法、借鏡、滲透、交

學則要求以少總多，小中見大〔註68〕。如誠齋〈曉出淨慈送林子方〉二首其二：

> 畢竟西湖六月中，風光不與四時同。接天蓮葉無窮碧，映日荷花別樣紅。（《詩集》卷二十三）

杭州西湖的美，自古即爲人傳誦，白居易〈春題湖上〉、〈錢塘湖春行〉以散點透視法〔註69〕，描繪出西湖清麗的春景〔註70〕；蘇軾〈飲湖上初晴後雨〉以西子比喻，吟咏西湖山光水色晴雨變幻的自然美〔註71〕。誠齋則別闢蹊徑，抓住紅日照耀下的蓮葉荷花，運用色彩相互襯托，寫出西湖火豔的夏景。其中第三句著眼蓮葉的角度，寫它本身由近及遠，直達天邊的一片綠意，化靜爲動；第四句則從靜態著筆荷花之紅。選擇典型，逼眞生動地概括描寫，突顯出西湖的廣闊，富含繪畫之美。再如〈湖天暮景〉：

> 坐看西日落湖濱，不是山銜不是雲。寸寸低來忽全沒，分

融、整合、匯通，而促成「詩畫一律」。（頁 286～288）

〔註68〕陸機《文賦》：「籠天地於形內，挫萬物於筆端。」劉勰《文心雕龍》物色篇：「以少總多，情貌無遺。」係指藝術形象塑造時，典型概括的問題。蓋成功的形象塑造，既要求具體而微，又講究普遍包括，「以少總多」、「小中見大」，皆此之謂。（參見張高評《宋詩之傳承與開拓》，頁 319）。

〔註69〕「散點透視」法，即沈括所謂「以大觀小」之法，沈括以爲畫家畫山水，並非有一固定眺望的中心點，而是流動著飄瞥上下四方，籠罩全景，從全體來看部分，故一幅畫中，往往是平視、仰視、俯視，三種角度並用。（參見宗白華《美學與意境・中國詩畫中所表現的空間意識》，淑馨出版社；《繪畫與文學》，開明書店，民國 67 年 4 月。《中國繪畫美學史稿》頁 156～160，論沈括部分，木鐸出版社，民國 75 年 6 月）。

〔註70〕〈春題湖上〉：「湖上春來似畫圖，亂峰圍繞水平鋪。松排山面千重翠，月點波心一顆珠。碧毯線頭抽早稻，青羅群帶展新蒲。未能拋得杭州去，一半勾留是此湖。」〈錢塘湖春行〉：「孤山寺北賈亭西，水面初平雲腳低。幾處早鶯爭暖樹，誰家新燕啄春泥。亂花漸欲迷人眼，淺草纔能沒馬蹄。最愛湖東行不足，綠楊陰裡白沙堤。」俱見《白香山詩集》後集卷五，世界書局，民國 52 年 4 月。

〔註71〕全詩爲：「水光瀲灩晴方好，山色空濛雨亦奇。欲把西湖比西子，淡妝濃抹總相宜。」（《蘇軾詩集》卷九，二首錄一）

明入水只無痕。（五首其二，《詩集》卷二十七）

詩人選擇紅日西沈的奇觀，著筆日落的動態，喚起落日泛著湖光，形象生動、歷歷如繪的湖天暮景，再現視覺藝術的美感。再看以下三首：

一眼菭花十里明，忽疑九月雪中行。我行莫笑無騶從，自有西山管送迎。（〈歸自豫章復過西山〉，《詩集》卷六）

尋春不見只思還，卻在來仙小崦間。映出一川桃李好，只消外面矮青山。（〈郡圃上巳〉二首其二，《詩集》卷二十五）

兩岸芙蓉雨洗粧，愁將紅淚照銀塘。抬頭不起珠璣重，柳外西風特地狂。（〈入北昭慶寺〉，《詩集》卷三十）

第一首詩，誠齋只選取菭花盛開，其白如雪的景色描述，呈現一片寬廣的視野。而「白色在色彩感情上是非常寂寥的」〔註72〕，以大片寬廣寂寥的空間，更襯出詩人的孤獨，全詩富於清曠之繪畫美。第二首不詳敘來仙山周遭地勢、景物如何，只以桃李青山相襯點出，而春光之無限，已溢於言表。第三首多著墨在芙蓉雨姿的描寫，卻已暗示出天候之劣，再與末句連綴，則蕭索之境界全出。由以上詩例，可見得誠齋擅於運用典型概括，表現「小中見大，尺幅千里」的繪畫美。

「六朝以來畫家作畫，追求尺幅而有千里之勢，已意識到西洋所謂透視法之存在。但唐宋以來之畫家，由於追求神似，故往往採取散點透視之法，此宋代沈括所謂『以小觀大，如人觀假山』，『其間折高折遠，自有妙理』」〔註73〕，也就是畫家沒有固定的眺望的中心點，而是流動著飄瞥上下四方，「從全面節奏來決定各部分，組織各部分」〔註74〕，企圖表現大自然的全面節奏與和諧。中國山水詩中空間的取景，也有異曲同工之妙，詩人攝取景物時，往往前後左

〔註72〕見黃永武《詩與美》頁 66。

〔註73〕語見張高評《宋詩之傳承與開拓》頁 320。沈括之論則參見《夢溪筆談》卷十七「書畫」。

〔註74〕引自宗白華《美學與意境》——中國詩畫中所表現的空間意識，頁244～263，淑馨出版社。

右、遠近俯仰的轉換角度，把多角的視點複合在一首詩裡，是謂「空間的轉向」〔註75〕。這種寫作技巧，我們也可以在誠齋山水詩中發現一些：

> 綠楊接葉杏交花，嫩水新生尚露沙。過了春江偶回首，隔江一片好人家。（〈二月一日曉渡太和江〉三首其一，《詩集》卷十五）
>
> 過盡危灘百不堪，忽驚絕壁翠巉巉。倒垂不死千年樹，下拂奔流萬丈潭。隔岸數峰如筆格，倚天一色染春藍。眞陽此去無多子，到日應逢三月三。（〈三月一日過摩舍那灘阻雨泊清溪鎮〉二首其二，《詩集》卷十五）
>
> 下水船逢上水船，夕陽仍更澀沙灘。雁來野鴨卻驚起，我與舟人俱仰看。回望雪邊山已遠，如何蓬底暮猶寒。今宵莫說明朝路，萬石堆心一急湍。（〈暮泊鼠山聞明朝有石塘之險〉《詩集》卷十九）

第一首詩，章法倒裝，一開頭就寫作者過江後回顧對岸所見到的景緻。起句爲平視近處所見，柳枝搖曳、杏花盛開、花葉重疊交接，紅綠相映的美景。次句仍俯視下方所見，小河寧靜緩緩地流著，有的地方水還淺到了「尚露沙」的地步。第二首取景角度兼備仰視、俯視及遠觀，也是移動視點，將各個角度把所握到的危灘絕壁的驚險，生動傳神地的描述出來，〈暮泊鼠山〉首聯由近景上下水船交流訊息（聽聞明朝有石塘之險）寫起，接著平視夕陽餘暈滯留的沙灘；頷聯以仰角觀看大雁飛來、野鴨驚起的情景；頸聯則兼備雪山遠景與船篷近景。再如：

> 曠野風從腳底生，遠峰頂與額般平。何人知道誠齋叟，獨著駝裘破雨行。（〈劉村渡〉二首其一，《詩集》卷八）
>
> 行盡牛蹊兔逕中，忽逢平野四連空。意隨白鷺一雙去，眼過青山千萬重。近嶺已看看遠嶺，連峰不愛愛孤峰。一丘一岳知何意，疎盡官人著牧童。（〈過謝家灣〉，《詩集》卷三十二）

〔註75〕參見黃永武《中國詩學》設計篇，頁60。

第一首一、二句以平視角度取景，由近處腳底生風，將視野拉向遠處的山峰，具無限伸展視野的效果；三、四句則採俯視角度，將冒雨衝風的詩人，放置在一個廣闊的立體空間中。第三首由近景寫起，次句眼界突然開闊，極目平視。頷聯仰視白鷺飛去，隨著白鷺越飛越遠，然後眼光伸展向無窮的空間，平視遠山。如上詩例，都是運鏡變幻，暗合散點透視法，構圖如畫的佳篇。

從設色來分類，中國畫中有所謂的「水墨畫」，也就是不加任何顏色，只以墨和水勾勒渲染〔註76〕，檢閱誠齋詩集，吾人可發現一些寫出不設色而見真色，近似水墨畫之技法的山水詩：

雨來細細復疏疏，縱不能多不肯無。似妒詩人山入眼，千峰故隔一簾珠。(〈小雨〉，《詩集》卷四)

樹無一葉萬梢枯，活底秋江水墨圖。幸自寒林俱淡筆，卻將濃墨點栖烏。(〈晚風寒林〉二首其二，《詩集》卷十)

逗曉清寒未苦嚴，輕霜隨分點茅簷。霧中失卻溪邊寺，不見浮屠只見尖。(〈冬日歸自天慶觀〉二首其一，《詩集》卷十一)

淅淅船篷雨點聲，疏疏江面縠紋生。石峰斗起三千丈，身在假山圖裡行。

下瀧小舫戴尖篷，未論千峰與萬峰。只是舟人頭上笠，也堪收入畫圖中。(〈過鼓鳴林小雨〉二首，《詩集》卷十五)

天上雲煙壓水來，湖中波浪打雲回。中間不是平林樹，水色天容拆不開。(〈過寶應縣新開湖〉十首其八，《詩集》卷三十)

〈小雨〉一詩，寫旅途遇上稀疏細雨，遠山好似隔著一層珠簾，山色空濛，似無還有。觀賞第二、三首詩，活像在欣賞畫家作畫，毋須工筆細描，只憑墨色濃淡枯瀾，大筆渲染或輕點，即再現〈晚風寒林〉的寫意，與〈冬日歸自天慶觀〉的蕭索落漠。〈過鼓鳴林小雨〉二首，以俯視角度，畫出江山煙雨圖，蒼茫幽遠，詩中有畫。〈過寶應縣新開湖〉詩則描寫湖天相接、煙波浩渺的景象，中間樹林濃淡隨意點染，

〔註76〕見沈叔羊《談中國畫》頁 28，谷風出版社，民國 77 年 7 月。

層次分明，境界開闊，極具水墨山水之畫意。

　　有時，誠齋則在水墨畫的基礎上，施以淺淡的顏色，如〈煙林曉望〉詩：

　　　　一疊青松一疊煙，橫鋪平野有無間。眞成萬丈鵝溪絹，畫
　　　　出江西秋曉山。(二首其一，《詩集》卷二十六)

此首暗合「平遠」的繪畫設計〔註77〕，在筆墨粗疏簡煉的煙山圖上，淡彩一疊青松，極具清曠的畫意。

　　就詩畫交融而言，自六朝以來的山水田園詩中，多有詩中有畫的呈現，著名詩人如陶淵明、謝靈運、鮑照、王維、孟浩然、李白、杜甫、柳宗元等等。到了宋代，由於崇尚學科間之整合融會，詩畫結合，更達到輝煌的地步〔註78〕。歷來論誠齋詩者，多注意「誠齋體」新、奇、活、快、的特點，吾人觀以上所述，可知誠齋亦受時代藝術風尚的影響，於「詩中有畫」的表現方面，運用「小中見大、尺幅千里」、「空間轉向」的空間設計，並借鏡水墨畫法，使山水詩富含繪畫美，獲得不錯的藝術成就。

二、空間凝聚　特寫鏡頭

　　一部影片爲許多鏡頭所組成，每個鏡頭裡的演員、佈景與動作，都是在故事敘述中，從特殊的一瞬間所紀錄下來的，因此攝影角度的安排十分重要〔註79〕。一首詩則好比由許多畫面構成的時空交織的藝術，詩中的時空是廣狹長短變動不居的，如果讓畫面由遠及近移動，

〔註77〕　郭熙《林泉高致‧山水訓》：「山有三遠：自山下而仰山巔謂之高遠；
　　　　自山前而窺山後謂之深遠；自近山而望遠山謂之平遠。」其中「平
　　　　遠」係爲平視角度。見《畫論叢刊五十一種》頁 23，鼎文書局，民
　　　　國 61 年 9 月。

〔註78〕　注重學科間的整合融會，也是宋人期許自成一家，自覺的開拓精神
　　　　的表現。(見張高評《宋詩特色之自覺與形成》)，有關詩畫交融的歷
　　　　程，及宋代詩畫結合的情形，可詳參張高評《宋詩之傳承與開拓》
　　　　下篇──〈宋代詩中有畫之傳統與創格〉。

〔註79〕　參見馬斯賽里《電影的語言》第一章〈攝影角度〉，羅學濂譯，志文
　　　　出版社，1990 年 12 月。

使視野愈來愈小，詩中空間也就越縮越小，像凝聚起來一般，最後選擇一個空間的凝聚焦點，集中心力在一細小景物上，予以特寫，這個經過汰去繁複背景的景物，將分外純淨凸顯〔註80〕。此種空間設計，類似近代電影拍攝技巧——特寫鏡頭，在誠齋山水詩中隨處可見，試看著名的〈過百家渡四絕句〉：

> 出得城來事事幽，涉湘半濟值漁舟。也知漁父趁魚急，翻著春衫不裹頭。
>
> 園花落盡路花開，白白紅紅各自媒。莫問早行奇絕處，四方八面野香來。
>
> 柳子祠前春已殘，新晴特地卻春寒。疎籬不與花為護，只為蛛絲作網竿。
>
> 一晴一雨路乾濕，半淡半濃山疊重。遠草平中見牛背，新秧疎處有人蹤。

一般說來，電影中的遠景，有明示環境與狀況的作用，特寫則富有表現人物主體之感情與意志的效果〔註81〕，這可以幫助我們以嶄新的角度，來欣賞此組詩。四首詩開頭以遠鏡頭取景，我們彷彿看見詩人一路渡過湘水野徑早行，途經柳宗元祠堂，來到山巒重疊的田野。每到一定點，攝取點前移，空間凝聚，詩人視線集中在漁父、路花、籬竿上的蜘蛛網、草中的牛背與秧間的人蹤上，抓住這些平凡的景物予以詩意的特寫，表現個人的情趣與生活氣息，也帶給讀者單純集中的新鮮感〔註82〕。

　　再如：

〔註80〕　參考黃永武《中國詩學》設計篇——詩的時空設計。

〔註81〕　見佐藤忠男《電影的奧秘》頁 192，廖祥雄譯，志文出版社，1989年 10 月。

〔註82〕　這一組詩中，詩人剎那間的興會表現得相當鮮明，玩味尋常事物，顯示詩人的赤子之心，流露出親切輕快的詩調。但若說第三首選擇蜘蛛網特寫是有寓意的，歎息本應護花的籬竿，卻被蜘蛛作了網竿，象徵柳宗元不為世用的淪落，似乎也無不可。參見《宋詩鑑賞辭典》頁 1059。這正是詩的多義性。

急下柴車踏晚晴，青鞋步步有沙聲。忽逢野沼無人處，兩鴨浮沈最眼明。(〈丁亥正月新晴晚步〉二首其二)

肩輿坐睡茶力短，野埭無文山路長。鴉鵲聲歡人不會，枇杷一樹十分黃。(〈桐盧道中〉)

梅雨芹泥路不佳，悶來小歇野人家。綠萍池沼垂楊裡，初見芙蕖第一花。(〈將至建昌〉，以上三首俱見《詩集》卷四)

僕夫已倦路猶賒，腳底殊勞眼底佳。綠錦堆中半團雪，千楓擁出一桐花。(〈晚過黃洲鋪三絕〉其二，《詩集》卷五)

雨足山雲半欲開，新秧猶待小暄催。一雙百舌花梢語，四顧無人忽下來。(〈積雨小霽〉，《詩集》卷三十七)

視野由開闊而狹窄，最後詩人全神貫注在浮鴨、枇杷、荷花、楓桐交映，以及交頭接耳的百舌鳥上，給予最大的特寫，使這些易被人忽略的尋常細微景物，帶著詩情畫意的美感，意象清晰地浮現出來。其他如〈晚歸遇雨〉(《詩集》卷七)的特寫梅花；〈淨遠亭午望〉二首的特寫野鴨、新蝶(卷八)；〈晚風寒林〉二首其一，特寫寒鴉(卷十)；〈明發曲坑〉二首其二，特寫清曉露珠(卷十七)諸什，亦是運用空間凝聚，造成特寫畫面的佳篇。

三、快鏡捕捉　形象鮮活

錢鍾書《談藝錄》曾如此評析誠齋詩：

誠齋擅寫生……如攝影之快鏡，兔起鶻落，鳶飛魚躍，稍縱即逝而及其未逝；轉瞬即改而當其未改。眼明手捷，蹤矢躡風，此誠齋之所獨也。

將誠齋比喻為有精微觀察力的攝影師，手眼敏捷，很能運用快速鏡頭，捕捉稍縱即逝、妙趣橫生的一瞬，將剎那化為永恆。果真如此？讓我們先看底下這首描寫初夏荷塘風光的小詩：

泉眼無聲惜細流，樹陰照水愛晴柔。小荷纔露尖尖角，早有蜻蜓立上頭。(〈小池〉，《詩集》卷七)

泉眼好似特別珍惜泉水，故令細細流動，不教匆匆離開；樹影也好像

歡喜晴光下澄澈柔美的池水，是以倒映在水面上。三、四句更推出勝境，嫩荷剛鑽出水面，就有蜻蜓搶得先機立于其上。這些一般人不大留心的細小景物，卻被敏銳的誠齋及時而準確地按下快門，捕捉了蜻蜓和荷花相互熨貼的自然情景，充滿天趣的生活畫面。又如：

> 風頭纔北忽成南，轉眼黃田到謝潭。髣髴一峰船外影，褰帷急看柴巉巖。

> 夾江百里沒人家，最苦江流曲更斜。嶺草已青今歲葉，岸蘆猶白去年花。

> 碧酒時傾一兩盃，船門纔閉又還開。好山萬皺無人見，都被斜陽拈出來。（〈舟過謝潭〉三首，《詩集》卷十五）

在這組詩中，誠齋再度展現快速寫生的特長。第一首寫在疾駛的舟中，彷彿瞥見船外縹緲的峰影，掀簾急看，卻是險峻突兀的紫色巉岩已撲到眼前，利用同一物象在剎時間所引起的不同視覺感受，既透露船行之迅捷，也生動地傳出詩人意外的喜悅及輕快感。繼續舟行至荒僻的江流，詩人意外發現兩種異時並存、新故相映的自然景觀：山嶺上的草葉已返青泛綠，而近岸的蘆葦還殘留著去年秋天開的白花，異時而生的春草秋葦，被誠齋按下快門，毫不費力地描繪出來。第三首描寫斜陽映山的景色，詩眼「拈」字，將平常情況下不易被注意的「好山萬皺」，在斜陽映照之下，山的每一皺褶畢露無遺，這種自然美充分地顯示出來。又如：

> 上得船來恰對山，一山頃刻變多般。初堆翠被百千摺，忽拔青瑤三兩竿。夾岸兒童天上立，數村樓閣電中看，平生快意何曾夢，老向閶門下急灘。（〈閶門外登溪船〉五首其二，《詩集》卷三十四）

閶門在「祁門縣（今安徽省最南境）悟法寺下，並大溪，陸行二十里許，兩山環合，復立雙石刺天如門，溪水過雙石之間，極險，名曰閶門，縣之得名以此也。門外乃可登舟」〔註83〕。此詩寫船下急灘時所

〔註83〕 誠齋《詩集》卷三十四〈過閶門溪〉詩序。

見的山容岸景，將水低岸高，船中看岸上景觀的感覺，寫的萬分眞切！復以閃電之逝，形容一瞥即過的岸景，全詩景物映象移動的速率，如同電影中快速鏡頭的運用，迅速不停地變換場景，造成奔放儷人的快感。張鎡所謂「造化精神無盡期，跳騰踔厲即時追」，尤袤所謂「痛快有如楊廷秀者乎」〔註84〕，誠此謂也。

由以上的例子看來，錢鍾書果眞隻眼獨具，點出了誠齋詩表現山水動態美的秘訣。此外，如〈初秋暮雨〉，寫雙虹乍現，暮色瞬間翻成曉的鏡頭（《詩集》卷五）；〈入常山界〉二首其二，捕捉「一峰忽被雲偷去，留得崢半截青」的鏡頭（卷八）；〈雨後晚步郡圃〉二首其一，捕捉孤雲被風吹散，剎時間的變幻（卷九）；〈曉坐多稼亭〉捕捉「日光烘碎一天雲，散作濛濛霧滿村」的鏡頭（卷十），諸詩亦爲此方面的佳例。

綜合本節所論，誠齋不僅繼承「詩中有畫」的傳統，於山水詩中表現繪畫美，更運用特殊的時空設計，凝聚空間、特寫景物，快鏡捕捉稍縱即逝的物理景象，形成誠齋體特有「新奇」、「痛快」的特色。

第五節　詩風之呈現

在第四章第三節裡，筆者談到誠齋早年學詩淹貫百家，後來卻能擺脫包袱，遠離做他人應聲蟲的困境，從學習中吸取養料，融會貫通，而後以別出機杼的「誠齋體」享譽南宋詩壇，並獲得南宋四大家之一的桂冠。就內容意境與藝術表現而言，兩者相融形成的整體風神品格，由前文的分析，可以綜述誠齋山水詩所呈現的主體詩風大要有五：一、清新自然；二、死蛇活弄；三、飛動馳擲；四、深沈蘊藉；五、平淡有味。論之如下：

〔註84〕見《南湖集》卷七〈攜楊秘監詩一編登舟因成二絕〉，《白石道人詩集》卷首。

一、清新自然

　　宋詩與日常生活的關係極爲密切，前代被認爲過於普通平常而不能入詩的瑣務雜事，宋人卻大量地積極地用作詩的題材〔註85〕。時至南宋，更多的日常生活細節，便捷的生活感受，作爲詩歌美學主題，是詩人共同的傾向〔註86〕。誠齋山水詩的內容，眞切地反映著時代的走向，且詩材往往就地汲取，玩味平凡細小的景物，給以詩意的特寫，儘管帶著散漫的姿態，但詩人幽默靈動的性格十分搶眼〔註87〕，且富於濃厚的生活情趣。何況這些平凡細小的景物，往往是一般人常見卻易忽略的，因此極易使讀者有深獲我心的親切感，倍覺新奇有趣。

　　宋代以前的山水詩，往往以不符合散文語法的「律化」句式，羅列意象，經營意境〔註88〕。六朝山水詩尙巧構形似之言，代表詩人爲謝靈運，刻畫精細、辭藻富麗。唐代詩人，大多同樣講究以律化句式塑造意象，如王維善於捕捉自然現象在變化中的生命神韻〔註89〕，由於詩語中的文法模稜，使詩義往往具有多義性〔註90〕，詩境也更添幽邃。宋初西崑體善對偶、用典故、尙辭藻，而後江西詩派章法細密，

〔註85〕 吉川幸次郎《宋詩概說》論宋詩的性質，以爲宋詩爲了反映多方面的現實，往往有先從日常或身邊事物入手的傾向。這是宋詩在題材上「化俗爲雅」的表現，參考莫礪鋒〈論宋詩的以俗爲雅及其文化背景〉、張高評〈宋詩與化俗爲雅〉。並見本論文第三章第三節。

〔註86〕 見本論文第四章第一節。

〔註87〕 參見本章第一節詩趣之追求，與第二節構思之靈妙的論述。

〔註88〕 王國瓔《中國山水詩研究》第二部份〈中國山水詩的特色〉，分析歸納古體近體山水詩的句型，解說其意象塑造的手法，如名詞或名詞片語羅列的句型——如「雞聲茅店月，人迹板橋霜」；倒裝句型——如「楚寒三湘接，荊門九派通」；或雖語法正常，但以含時間意念和處所意念的名詞或名詞片語置於句首，因孤立而產生單純意象——如「曉霜楓葉丹，夕曛嵐氣陰」等。並進一步詳析以色彩字爲修飾語，以「聲」、「色」二字點出，形容詞名詞的組合⋯⋯等塑造形似靜態意象的技巧；探討如何驅遣動詞、安排主語謂語，以表現傳神動態意象。說解舉例並重，足資參考。

〔註89〕 採王國瓔之說。見《中國山水詩研究》頁266。

〔註90〕 同註88。

烹煉句法尙奇巧。南宋陸游鍛鍊工細，刻畫精緻，范成大則典雅標緻。可見宋詩雖富於敘述性與散文化，也仍個中有異，尤其在表現山水詩的層面上。誠齋山水詩在意象塑造上甚少用律化句式，多半自然淺易，即興而唱，又往往不避俚俗，化俗爲雅〔註91〕，有別於歷來傳統的山水詩，他的詩之所以令人耳目一新，與奠基這種語言風格之上的意象塑造手法，大有關連。

就詩中情感內涵的抒發，與意象塑造相融合，所表現出來的一種整體的風神品格而論，我們可以這麼比方，如果說謝靈運的山水詩恰似穿戴豔麗，卻內心鬱結空虛的富家千金；王維則宛若閑靜淵泊，怡然超脫的出塵仙子；那麼，誠齋的山水詩，則一如性靈率眞，又略帶刁蠻的村家碧玉，這種清新自然的詩風，用來描述家居官舍生活情趣，以及紀行遊賞之類的山水詩情境，是十分貼切的。如〈與侯子雲溪上晚步〉詩、〈小舟晚興〉詩、〈入浮梁界〉詩，就是其中的代表佳作。

二、死蛇活弄

前文曾談及誠齋得力於一顆機趣駿利的心靈，復受禪宗思維方式影響，追求任運自然，活潑而無拘礙地的儘情表露主觀情志〔註92〕，這正是以禪宗所謂「死蛇活弄」的禪法作詩，就是「活法」的精神。「活法爲詩，重詩思的隨機觸發，而完全不拘于預設法式，重在一時的感興」〔註93〕，以此爲詩，詩即具死蛇活弄的特色。本文此處就誠齋藝術之表現，具體說明之。

〔註91〕　見本章第二節之論述。

〔註92〕　見本論文第四章第二節。

〔註93〕　引自李淼《禪宗與中國古代詩歌藝術》頁 221，吉林長春出版社。並見本論文第四章第三節之論析。這種創作精神，實受禪宗思維方式的影響。禪宗在研究認識對象——佛、法等問題時，機鋒交錯，留下許多公案，公案所表現的思維方式是豐富多樣、隨機變化、穿插交織的，表現精神甚是活潑靈活。關於禪宗的思維方式，可詳參府憲展、徐小蠻〈禪宗的創造性思維形式〉《中華文史論叢》1988年一期。

　　吾人再回顧前文誠齋藝術技巧的討論，誠齋在塑造山水形象時，並不刻意講究句法，常以日常語言衝口而出（甚至不避俚俗，化俗爲雅），運用擬人法，化靜景爲動態，以神寫形，使山水具活潑之生命力。並且善於體察大自然的物理現象，生動地描寫出來。這顯示出，誠齋往往隨機抒情寫意，「恢復耳目觀感的天眞狀態」〔註94〕，將當下所見，心中所感，自然地形諸文字，而不是窮索前人的言情寫景的佳話名句，因此誠齋所寫的山水景物，不會落入「刻板」、「公式化」，自然生意活脫，靈活靈現了。葛天民評誠齋詩曰：

　　　　參禪學詩無兩法，死蛇解弄活潑潑。氣正心空眼自高，吹
　　　　毛不動會生殺。生機語熟卻不排，近代獨有楊誠齋。（《葛無
　　懷小集》）

這一段話指出誠齋受禪宗思維方式影響，作詩心境透脫，以「活法」的創作精神，用不拘一格的語言，描寫出大自然生意活脫的形象，洵爲知言。「死蛇活弄」，準確地道出「誠齋體」詩風之特色。大致而言，誠齋所作七言絕句的山水小品，往往具此種特色，如〈過上湖嶺望招賢江南北山〉四首其一及其二、〈桂源鋪〉詩，即是其中的代表佳作。

三、飛動馳擲

　　方回曾指出誠齋詩具「飛動馳擲」的特色，不過卻沒有解釋其所以然，而張鎡、羅大經則分別點出原因之一，試觀其論：

　　　　造化精神無盡期，跳騰踔厲即時追。（〈攜楊秘監詩一編登舟因
　　成二絕〉，《南湖集》卷七）

　　　　余觀杜陵詩亦有全篇用常俗語者，然不害其爲高妙。……
　　楊誠齋多效此體，亦自痛快可喜。（《鶴林玉露》卷三）

張鎡指出誠齋擅長敏銳地觀察自然山水的動靜變化，擅長快速寫生，工於捕捉稍縱即逝，妙趣橫生的一瞬，將一般山水詩人表現的靜態畫面，改成活動的影片，呈現出山水的動態美；羅大經則發現誠齋詩之

〔註94〕引錢鍾書語，見《宋詩選注》頁180。木鐸出版社，民國73年9月。

所以「痛快」，係因喜用俗語及日常語言之故。蓋誠齋取材萬象，以眼觀物，以舌言景，往往能擺落故實，逕敘直接印象，將詩人的興會，表現得異常鮮明，這對欣賞主體來說，毋須費力揣測，便能當下領略詩趣，讀來自然有暢快俐落之感。張鎡、羅大經可謂誠齋詩之知音，而二家之說，可以相互補充，即是造成誠齋山水詩具有「飛動馳擲」詩風的原因了。

　　一般來說，誠齋詩集裡以描述「宦海載浮沈、羈旅繫情懷」〔註95〕之類的山水詩，最能體現此種風格。七絕的質量最佳，精短活潑，如攝影之快鏡，化工肖物，往往即興成章。律詩次之，也是明白曉暢。七古則似「全息攝影——全部體象信息都透徹精切地捉入畫面」〔註96〕，節奏明快緊湊，把山川的險峻、道途的艱勞，發揮的淋漓盡致，尤其描寫水景方面，誠齋寫來毫不凝重，一氣呵成。如〈柴步灘〉詩、〈舟過謝潭〉三首、〈閶門外登溪船〉五首其二，讀來直有清暢流易飛動馳擲之快感。

四、深沈蘊藉

　　「沈鬱頓挫」原是杜甫對自己作品的評價，所謂沈鬱大抵指詩思的深沈蘊積；頓挫，則指章法的曲折變化而言〔註97〕。筆者以為誠齋睠懷故土、感憤國事的愛國山水詩篇的創作風格，亦可以「沈鬱頓挫」稱之。誠齋的這類詩往往有多種情感的糾結——面對故土山河的悲情、身為接伴敵使角色的尷尬、對朝野苟安媚敵的深痛、撫今追昔的感慨等，在他的內心衝擊激盪，但他卻非吶喊式地宣洩深心的感情，而是以含蓄迴盪的手法來處理，而詩中的情感更見沈

〔註95〕見第五章第二節。

〔註96〕見胡明〈楊萬里散論〉，收在《南宋詩人論》頁61。

〔註97〕安旗〈沈鬱頓挫試解〉，謂沈鬱指作品富於思想及情采，有蔚然深秀之貌；頓挫指章法曲折變化。（見《杜甫研究論文集》三輯，北京中華書局，1963年9月。）本文引自張夢機《鷗波詩話》頁9，張氏說近似安旗之論。（漢光文化事業公司，民國73年11月）。

鬱內斂。

　　所謂含蓄，指作者沒有把情思明白說出，而是包含在藝術形象中，使作品富有耐人咀嚼的餘意餘味 [註98]。如〈初入淮河四絕句〉、〈題盱眙軍東南第一山〉，往往情至悲憤處一筆宕開，轉接客觀山水的描寫，而山水形象中也已含載詩人深沈的情思，藉景抒情，情景交融，章法曲折變化。此外，誠齋亦善用典故，將諷喻寄託其中，如〈題盱眙軍東南第一山〉、〈過楊子江〉、〈新亭送客〉諸詩，足為典範。有時則以「借葉襯花」、「烘雲托月」的技巧，側筆寫客觀景物，然景中有情，感情愈深化，如〈曉過丹陽縣〉、〈過鸚鬭湖〉諸詩，可為代表。此外，又常藉懷古以諷今，如〈過瓜洲鎮〉、〈寒食前一日行部過牛首山〉諸詩 [註99]。這些情感深沈蘊積，表現手法含蓄曲折的優秀詩作，象內蘊蓄旨趣，弦外包含餘音，言內概括深意，具豐富的內涵與暗示性，既不晦澀又能令讀者咀嚼再三，餘味無窮。可以「深沈蘊藉」概括其詩風 [註100]。

五、平淡有味

　　前文曾言誠齋擅寫白話詩，或運用空間凝聚，玩味平凡細小的景物，予以詩意的特寫，令人耳目一新，造成清新自然的詩風；或善用擬人法，寫即目所見、心下所感的山水自然，化靜為動，且體物入神，使生意活脫，造成死蛇活弄的詩風；或結合特殊的時間設計，捕捉瞬息萬變的自然景象，造成飛動馳擲的詩風。以上皆「誠齋體」的特色。此外，誠齋的白話詩，亦有用心設計層次，運思深入的一面，故造語雖平易，卻平淡有味，這乃是宋詩的特色之一 [註101]。如〈過寶應

〔註98〕 參見《中國文論大辭典》，頁 559，彭會資主編，百花文藝出版社，1990 年 7 月。
〔註99〕 舉例參見本論文第五章第四節的解析。
〔註100〕「蘊藉」一詞用于文學藝術領域，它的含義大抵同「含蓄」，不過更著重指具有諷喻性的含蓄美，（見《中國文論大辭典》，頁 561～562）而誠齋這類愛國山水詩篇諷喻性是極強的。
〔註101〕 見繆鉞〈論宋詩〉，收入《宋詩論文選輯》。

縣新開湖〉十首其一、〈明發房溪〉二首其二，雖造語平易，但由於層次曲折，而非平鋪直敘，故能留給讀者推敲玩味的空間，是平淡而有味〔註102〕。

　　鍾嶸曾批評永嘉時期的玄言詩，「理過其辭，淡乎寡味」，意味說理太露，則無法耐人尋味。試看誠齋〈過松源晨炊漆公店〉六首其五、〈觀陂水〉、〈下橫山灘頭望金華山〉一類理趣詩，雖語言通俗平易，然因所示之理，乃詩人生活實踐中體悟之理，詩內已飽含作者情感，又藉塑造山水形象，將理隱含其中，令人味之不盡，是含有耐人咀嚼的人情事理的詩外味〔註103〕，可謂平淡而有味。此亦宋人理趣詩的特色（已見上述，此不贅）。

　　誠齋一些借鏡畫法、構圖如畫的山水詩，如〈歸自豫章復過西山〉、〈庚子正月五日曉過大皋渡〉二首其一、〈劉村渡〉二首其一，雖用語簡易，色彩平淡，卻往往景中含情，詩人的孤寂，宦情之煩苦，獨行之情思，藉景言之，詩極富有情趣韻味。王夫之云：「以寫景之心理言情，則身心獨喻之微，輕安拈出。」（《薑齋詩話》）蔣兆蘭云：「若舍景言情，正恐粗淺直白，了無蘊藉，索然意盡耳。」（《詞說》）誠然，情思無形而景物有形，若情思與物象的有形相互默契，則可在感覺復合的意象結構中，隱喻出情意物理的交合特徵，詩即富情景入

又，韓經太〈論宋人平淡詩觀的特殊指向與內蘊〉一文，以為宋人的平淡詩觀，是奠基在性命哲學與審美心理之上。其意：宋代理學援佛老以入儒，其性命之說具蕭閒淡泊的特性；宋代視隱逸為清高的文化心理，具有閒淡蕭散，遣情世外的野逸興趣的審美風貌。由性命哲學精神的導引，及審美心理的選擇，形成宋人的平淡詩觀。其說值得參考。見《學術月刊》1990 年 7 月。

〔註102〕平淡詩其句必然簡樸平易（見韓輕太〈論人平淡詩觀的特殊指向與內蘊〉），而造語既簡易，若要從平淡中見味，則必須造境曲折，使詩具豐富的層次感與頓挫的節奏感，自令人感到無盡的意趣，而詩乃平淡而有味矣。（韓經太〈韻味與詩美〉，指出造境曲折掩映，詩具韻味。見《文學遺產》1991 年 3 月。）觀誠齋這類詩，實具「平淡有味」之美。

〔註103〕此處觀念參考童慶炳〈詩美常在鹹酸之外〉。

妙的韻味〔註104〕。如誠齋此類詩作，則可謂平淡而有味矣。

綜上所述，可知誠齋山水詩不僅具「誠齋體」特色而已，亦頗見「平淡有味」的詩風。

綜觀誠齋山水詩歌藝術的主體表現，或重詩思的隨機觸發，用不拘一格的語言形式，就眼前風物點出晴光，表現詩人性靈，形成誠齋體清新自然、死蛇活弄、飛動馳擲的詩風；或詩思深沈蘊積，而以章法曲折、含蓄迴盪的手法，表現感憤國事、諷議時政的愛國山水詩篇，形成深沈蘊藉詩風，繼承晚唐詩歌「微婉顯晦、盡而不汙」的美學精神；或用思深入、言理而有趣、情景交融，形成平淡有味的詩風。蓋有所創發，有所因承，有所反映時代精神，而大家之風範乃成。

〔註104〕參見韓經太〈韻味與詩美〉。

第七章　結　語

　　楊誠齋與尤袤、陸游、范成大，並稱南宋中興四大家，以其善於學習前人，汲取各家之長，選擇適合自己的加以融化變通，終能自成一家，享譽南宋詩壇。誠齋〈跋徐恭仲省幹近詩〉所謂：「傳派傳宗我替羞，作家各自一風流。黃陳籬下休安腳，陶謝行前更出頭。」可作四人自成一家之共同宣言與實踐。

　　江西詩派的創作精神，在於顯示自己獨特的人格，開創屬於自家之風格特色，誠齋於此略有妙悟〔註 1〕；體悟詩貴發自詩人的情性與詩興，以表現出自己的韻味來，此有得於晚唐詩者。這些，啟發他作詩由詩法轉向詩興。之後，熔鑄多年的學習心得，創作出自己獨特風格的作品。誠齋性情幽默詼諧，表現在山水詩裏是自覺地追求詩趣，這多少受蘇軾的影響〔註 2〕；其山水詩的語言通俗易懂，是受白居易的啟廸〔註 3〕；而愛國山水詩篇的表現手法，則吸收了晚唐詩歌「微婉顯晦，盡而不汙」的美學原則〔註 4〕，形成深沈蘊藉的詩風〔註 5〕。由於誠齋深黯活用創作法則的重要，除了汲取前

〔註 1〕見本論文第四章第三節。
〔註 2〕見第六章第一節。
〔註 3〕見第六章第二節。
〔註 4〕見第六章第二節
〔註 5〕見第六章第五節。

人經驗外，更注入了自己的心得——運用擬人法使山水形象化；利用特寫鏡頭，壓縮空間，使意象清晰浮現，以強調詩人的情趣與生活氣息；準確地掌握快門捕捉山水動態等〔註6〕，形成「誠齋體」式的山水詩——有清新自然的光鮮畫面，有死蛇活弄的生意活脫，有飛動馳擲的節奏快感〔註7〕。這種追求任運自然，活潑而無拘礙地儘情表露主觀情志的藝術手法，實暗合禪宗「心如泉流」的觀念〔註8〕。此外，誠齋山水詩又有用思深入、言理而有趣、情景交融，形成平淡有味，反映宋詩精神的詩風〔註9〕。

儘管誠齋山水詩的表現方式曾受前人的影響，然而誠齋畢竟不同於蘇軾、白居易、晚唐詩人。誠齋與蘇軾同樣喜好追求詩趣，表現幽默的方式却相當殊異：誠齋山水詩裏的幽默，是詩人本身幽默感的主觀流露，將原本不一定富有喜劇性的情事，通過擬人化的手法，賦予幽默的表現，逗人發噱；蘇軾的幽默則往往諷刺政治的現實，他擅長以自我挪揄的態度，對待自己坎坷境遇，通過反諷、嘲謔的手法，使欣賞者在笑聲淚影中得到共鳴〔註10〕。白居易要求詩歌語言通俗化，具有反映現實社會的意義；誠齋使用自然淺易的詩歌語言，配合俚言俗語以描寫山水，主要的興趣，則為衝口表達詩人的情性與詩興，形成暢快俐落的詩風〔註11〕。誠齋吸收了晚唐詩「微婉顯晦、盡而不汙」的美學原則，在睠懷故土、諷議國事上，感情內斂深沈，出以含蓄迴盪的手法，寓諷議與感慨於山水形象中。不過誠齋使用的語言較為樸素平淡，不若晚唐詩的華麗冷豔。

誠齋山水詩所描述的內容與其仕宦行旅、家居官舍的生活緊密結合，記敘旅途休憩的情形、筆記所見的特殊風土景觀，有歡欣的記趣；

〔註6〕 見第六章第三、四節。
〔註7〕 見第六章第五節。
〔註8〕 見第四章第二節。
〔註9〕 見第六章第五節。
〔註10〕 見第六章第一節。
〔註11〕 見第六章第二、五節。

也有道途艱辛的牢騷、老病的情愁及仕宦羈縛的感歎；描寫吉水家鄉的景色，也描寫州衙的風光；藉著一睹前線故國河山的機會，也表達了睠懷故土的情思及關懷國事的諷議。這種詩歌美學主題不僅反映南宋詩壇的趨向〔註12〕，也顯示出詩人已視自然山水為生活中不可缺少的調劑品。那樣地平凡入俗，將熱鬧喧譁的市井生活活力注入山水詩，為山水詩抹上了世俗化的色彩，強化了詩人的主觀性。謝靈運藉其父祖之資，優游山林，窮山登巖，每至輒造別墅居其間〔註13〕，實有貴族獨佔山水的心理，故不同於誠齋的平易入俗。然而在深入幽僻無人的山林後，反而更加孤寂落寞；王維由對現實政治的失望，進而懷疑儒學，至於遁入禪門，在他的山水世界裡充滿著寧靜淵泊的氣氛。或許佛學安定了王維的心靈，他不似謝靈運刻意尋幽訪僻，而能隨遇而安，與自然山水渾融合一。若以謝靈運、王維、楊誠齋作為中國山水詩美學境界，三種迥異的歷史階程來比較，可以發現，謝靈運的山水呈現出悅目娛耳的自然物質外觀；王維表現對政治生涯倦怠，向內覓求，觸目而真的禪學視境；誠齋則已和淡泊的仕宦生活融合為一，表現出接近市井風情的人生樂趣〔註14〕。

　　再比較與誠齋處同一時代的陸游與范成大。愛國詩人陸游常「借雄奇闊大的自然景物意象，寄寓報國殺敵之志」〔註15〕，字裏行間無不洋溢著慷慨激越之情，熱情而奔放，強調自己內心的矛盾與苦悶；誠齋在表達這類情感時，則內斂冷靜得多，多少國土日蹙、國勢日弱的悲慨與對國事的諷議，都隱含在山水形象中，個人的失意則昇華淡化了。至於兩人藝術表現上的差異，陸游鍛練工細，刻畫精微，心思句法，既工且巧，不過此種表現手法，歷來不乏其人。誠齋則擅長捕

〔註12〕　見第四章第一節。
〔註13〕　見《宋書》卷六十七，〈謝靈運傳〉。
〔註14〕　參考蕭馳《中國詩歌美學》頁 166 之說。
〔註15〕　見陶文鵬、韋鳳娟〈山水詩概述〉，收入在《中國古代山水詩鑑賞辭典》附錄頁 32。並見本論文第六章第二節三、「詞微意深、委婉多諷」。

捉自然界稍縱即逝的物理景象，其筆下的山水景物生意活脫，神態畢現，此誠齋之所獨也。可見在藝術成就上，誠齋都比陸游更具創造性〔註16〕。

就山水詩所呈現的內容而言，范成大同時融有儒、釋、道三家思想〔註17〕，而誠齋則單純多了，平凡入俗，篤實地活在天地之間，宛如儒學的擁護者，此與其易學思想有關。蓋誠齋的自然觀為樸素唯物論，強調現實的社會人生與自我的實踐，影響其山水詩內容的表現，從而形成「有我之執」的詩歌境界〔註18〕。再就藝術表現而言，兩人於山水詩中「以物為人的傾向是相似的。其差異之處，范詩側重微婉溫雅，楊詩則偏重明快詼諧」〔註19〕。

茲比較歷來著名詩人之影響誠齋者，以見其異同，或同時，或不同時，期能凸顯楊誠齋山水詩的特色與價值。

〔註16〕 錢鍾書《談藝錄》以畫圖之工筆比喻陸游詩歌，以攝影之快鏡比喻誠齋詩歌，其意誠齋遠比陸游更具創造性，此處乃採錢氏說法。
〔註17〕 見林天祥《范成大山水田詩研究》第六章。
〔註18〕 見第四章第四節。
〔註19〕 同註15，頁264。

參考書目

一、專著類

1. 《誠齋集》，楊萬里，商務印書館《四部叢刊》縮印日本鈔宋本。
2. 《誠齋詩集》，楊萬里，中華書局《四部備要》據清乾隆吉安刻本校刊。
3. 《楊誠齋全集》，楊萬里，中央圖書館藏烏絲闌朱校本。
4. 《楊萬里選集》，周汝昌，上海古籍出版社，1979 年 5 月。
5. 《楊萬里研究》，陳義成，文化大學中文研究所博士論文，1982 年。
6. 《誠齋詩話》，楊萬里，收入《歷代詩話續編》，丁福保輯，木鐸出版社 1983 年 9 月。
7. 《楊萬里范成大資料彙編》，湛之（傅璇琮）編，北京中華書局，1985 年 9 月。
8. 《楊萬里詩文選注》，于北山，上海古籍出版社，1988 年 7 月。
9. 《楊萬里和誠齋體》，周啓成，上海古籍出版社，出版年月不詳。

二、經史類

1. 《毛詩註疏》，鄭玄箋，孔穎達疏，藝文印書館《十三經註疏本》。
2. 《詩集傳》，朱熹註，臺北中華書局，1982 年 5 月。
3. 《論語註疏》，何晏註，邢昺疏，藝文印書館《十三經註疏本》。
4. 《誠齋易傳》，楊萬里，商務印書館《四庫全書》本。
5. 《春秋左傳注》（修訂本），楊伯峻，北京中華書局，1990 年 5 月。
6. 《史記會注考證》，司馬遷著，瀧川龜太郎，藝文印書館，1972 年。

7. 《宋書》，沈約，新文豐出版公司，1975 年 10 月。

8. 《史通釋評》，劉知幾原著，清浦起龍釋，民國呂思勉評，華世出版社 1981 年。

9. 《文獻通考》，馬端臨，商務印書館《四庫全書》本。

10. 《續文獻通考》，清高宗敕撰，新興書局，1958 年 10 月。

11. 《宋史》，脫脫等，新文豐出版公司，1975 年 10 月。

12. 《宋論》，王夫之，洪氏出版社，1981 年。

13. 《宋代社會研究》，朱瑞熙，弘文館出版社，1986 年 4 月。

14. 《宋史》，方豪，文化大學出版社，1988 年 12 月。

15. 《四庫全書總目》（石湖詩集提要、劍南詩稿提要），藝文印書館，1989 年 1 月。

三、思想類

1. 《宋元學案》，黃宗羲，台北：河洛圖書出版社，1975 年 3 月。

2. 《中國古代哲學家評傳續編》（三），楊萬里部份，步近智撰，齊魯書社，1982 年 9 月。

3. 《宋明理學史》，侯外廬主編，人民出版社，1982 年。

4. 《禪宗與中國文化》，葛兆光，里仁書局，1987 年 10 月。

5. 《易學哲學史》，朱伯崑，北京大學出版社，1988 年 1 月。

6. 《中國哲學思想論集》第三冊（梁啓超〈佛學時代〉），水牛出版社，1988 年 2 月。

7. 《中國哲學發展史》，吳怡，三民書局，1988 年 4 月。

8. 《魏晉玄學史》，許杭生等著，陝西師範大學出版社，1989 年 7 月。

9. 《中國文人的自然觀》，顧彬著，馬樹德譯，上海人民出版社，1990 年 1 月。

10. 《禪宗與中國古代詩歌藝術》，李淼，吉林：長春出版社，1990 年 12 月。

四、別集類

1. 《杜詩鏡銓》，楊倫輯，藝文印書館，1978 年 3 月。

2. 《白香山詩集》，白居易，世界書局，1963 年 4 月。

3. 《蘇軾詩集》，王文誥、馮應榴輯注，學海出版社，1985 年 9 月。

4. 《胡澹菴文集》，胡銓，漢華文化事業公司，1970 年 7 月。

5. 《劍南詩稿》，陸游，台北：中華書局，1970 年 6 月。

6. 《葛無懷小集》，葛天民，收入《南宋群賢小集》，陳起編，藝文印書館，1972 年 6 月。

7. 《南湖集》，張鎡，興中書局《知不足齋叢書》本，1964 年 12 月。

8. 《白石道人詩集》，姜夔，收入《南宋群賢小集》，陳起編，藝文印書館，1972 年 6 月。

9. 《後村大全集》，劉克莊，商務印書館《四部叢刊》本。

10. 《須溪集》，劉辰翁，商務印書館《四庫全書》本。

11. 《歸潛志》，劉祁，興中書局《知不足齋叢書》本，1964 年 12 月。

五、總集選集類

1. 《全唐詩》，(王維、韋應物、杜甫、白居易、劉長卿、李商隱、溫庭筠)，清御製，明倫出版社，1971 年 5 月。

2. 《宋詩精華錄》，陳衍，廣文書局，1971 年 4 月。

3. 《宋詩選注》，錢鍾書，木鐸出版社，1984 年 9 月。

4. 《江西詩派選注》，陳永正選注，廣東中山大學出版社出版，1985 年 12 月。

5. 《宋人七絕選》，毛谷風，書目文獻出版社，1987 年 3 月。

6. 《陸游詩文選注》，孔鏡清，上海古籍出版社，1987 年 5 月。

7. 《宋詩鑑賞辭典》，繆鉞主編，上海辭書出版社，1987 年 12 月。

8. 《古代山水詩一百首》，金啟華、臧維熙，上海古籍出版社，1988 年 2 月。

9. 《陸游名篇賞析》，劉揚體、陳剛、康錦屏，北京十月文藝出版社，1989 年 4 月。

10. 《歷代怨詩趣詩怪詩鑒賞辭典》，江蘇文藝出版社，1989 年 6 月。

11. 《中國古代山水詩鑑賞辭典》，余冠英主編，江蘇古籍出版社，1989 年 7 月。

12. 《山水詩注析》，吳功正，山西教育出版社。

13. 《全宋詞》(歐陽修、宋祁、晏幾道、李之儀)，世界書局，1984 年 3 月。

14. 《文選》，梁昭明太子撰，李善注、藝文印書館，1989 年 1 月。

六、詩話筆記

1. 《世說新語》，劉義慶編撰，劉孝標注，商務印書館《四部叢刊》本。

2. 《六一詩話》，歐陽修，收入《歐陽修全集》，世界書局，1961 年 1

月。

3. 《冷齋夜話》，釋惠洪，新興書局，《筆記小說大觀》（四），1960 年 7 月。

4. 《鶴林玉露》，羅大經，新興書局，《筆記小說大觀》續編，1962 年 8 月。

5. 《新校正夢溪筆談》，沈括著，胡道靜校注，中華書局香港分局，1987 年 4 月。

6. 《入蜀記》，陸游，興中書局，《知不足齋叢書》本，1964 年 12 月。

7. 《後村詩話》，劉克莊，廣文書局，1971 年 9 月。

8. 《滄浪詩話》，嚴羽著，郭紹虞校釋，里仁書局，1987 年 4 月。

9. 《詩人玉屑》，魏慶之，世界書局，1980 年 10 月。

10. 《齊東野語》，周密，新興書局《筆記小說大觀》十三編，1976 年 7 月。

11. 《詩藪》，胡應麟，廣文書局，1973 年 9 月。

12. 《歷代詩話》，何文煥訂，藝文印書館，1959 年 8 月。

13. 《歷代詩話續編》，丁福保輯，木鐸出版社，1983 年。

14. 《薑齋詩話》，王夫之，收入《清詩話》，丁福保編，木鐸出版社，1988 年 9 月。

15. 《甌北詩話》，趙翼，廣文書局，1971 年 9 月。

16. 《石洲詩話》，翁方綱，廣文書局，1971 年 9 月。

17. 《說詩晬語》，沈德潛，收入《清詩話》。

18. 《原詩》，葉燮，同上。

19. 《圍鑪詩話》，吳喬，藝文印書館《適園叢書》本。

20. 《帶經堂詩話》，王士禎，清流出版社，1976 年 10 月。

21. 《石遺室詩話》，陳衍，商務印書館，1961 年 12 月。

22. 《清詩話續編》，郭紹虞編，富壽蓀校點，木鐸出版社，1983 年 12 月。

23. 《人間詞話新注》，王國維著，滕咸惠校注，里仁書局，1986 年 10 月。

24. 《談藝錄》，錢鍾書，藍田出版社（成功大學圖書館藏）。

25. 《詞說》，蔣兆蘭，收入《詞話叢編》，唐圭璋編，新文豐出版公司，1988 年 2 月。

26. 《詩論》，朱光潛，正中書局，1982 年 12 月。

27. 《詩詞例話》，周振甫，長安出版社，1987年9月。

28. 《中國詩學——詩計篇》，黃永武，巨流圖書公司，1989年11月。

29. 《鷗波詩話》，張夢機，漢光文化事業公司，1984年11月。

七、文學評論

1. 《詩品校注》，鍾嶸著，楊祖聿校注，文史哲出版社，1981年1月。

2. 《文心雕龍注》，劉勰著，黃叔琳校注，開明書店，1985年10月。

3. 《中國文學批評史》，郭紹虞，明倫出版社，1971年10月。

4. 《中國文學批評史》，劉大杰，文匯堂印行，1985年11月。

5. 《中國文學批評史》，羅根澤，明倫出版社。

6. 《中國古代文學創作論》，張少康，北京大學出版社，1983年12月。

7. 《評朱光潛詩論》，張世祿，收入《中國文學批評家與文學批評》，學生書局，1984年5月。

8. 《中國文學批評》，張健，五南圖書出版公司，1984年9月。

9. 《詩史本色與妙悟》，龔鵬程，學生書局，1986年4月。

10. 《中國文學發展史》，劉大杰，華正書局，1986年6月。

11. 《江西詩派研究》，莫礪鋒，齊魯書社，1986年10月。

12. 《中國詩歌美學》，蕭馳，北京大學出版社，1986年11月。

13. 《中國文學理論史（二）》，黃保真、成復旺、蔡鍾翔，北京出版社，1987年7月。

14. 《中國文學史》，葉慶炳，學生書局，1987年8月。

15. 《中國山水詩研究》，王國瓔，聯經出版事業公司，1988年4月。

16. 《論江西詩派》，黃啓方，收入《宋詩論文選輯》，黃永武、張高評編著，復文出版社，1988年5月。

17. 〈江西詩社宗派〉，龔鵬程，同上。

18. 〈黃庭堅詩歌的藝術成就〉，陳永正，同上。

19. 〈黃庭堅的三個問題——詩作分期、詩體變異及詩論的建立〉，黃啓方，同上。

20. 〈蘇軾山水詩的諧趣奇趣和理趣〉，陶文鵬，同上。

21. 〈蘇東坡詩評介〉，孔凡禮，同上。

22. 〈陸游詩的特色與造詣〉，金韋、陸應南，同上。

23. 〈知性的反省——宋詩的基本面貌〉，龔鵬程，同上。

24. 〈唐詩與宋詩〉，曾克耑，同上。

25. 〈論宋詩〉，繆鉞，同上。

26. 《宋詩概論》，吉川幸次郎，聯經出版事業公司，1988 年 9 月。

27. 《中國詩歌藝術研究》，袁行霈，五南圖書出版公司，1989 年 5 月。

28. 《有關奪胎換骨法若干問題的探討》、郭玉雯、收入《宋代文學與思想》，學生書局，1989 年 8 月。

29. 《中國詩學與傳統文化精神》，韓經太，四川人民出版社，1990 年 1 月。

30. 《宋詩之傳承與開拓》，張高評，文史哲出版社，1990 年 2 月。

31. 《南宋詩人論》，胡明，學生書局，1990 年 6 月。

32. 《中國山水詩史》，李文初等著，廣東高等教育出版社，1991 年 5 月。

33. 《兩宋文學史》，程千帆、吳新雷著，上海古籍出版社，1991 年 2 月。

34. 《中國詩學之精神》，胡曉明，江西人民出版社，1991 年 5 月。

八、美學論著

1. 《畫論叢刊五十一種》，（郭熙《林泉高致》），鼎文書局，1972 年 9 月。

2. 《繪畫與文學》，豐子愷，開明書店，1978 年 6 月。

3. 《中國繪畫美學史稿》，木鐸出版社，1986 年 6 月。

4. 《中國古代文藝美學概要》，皮朝綱，四川省社會科學院出版社，1986 年 12 月。

5. 《判斷力批評》，康德著，宗白華、韋卓民譯，滄浪出版社，1986 年。

6. 《文藝心理學》，朱光潛，漢京文化事業公司，1987 年 3 月。

7. 《中國古代美學範疇》，曾祖蔭，文津出版社，1987 年 8 月。

8. 《詩與美》，黃永武，洪範書店，1987 年 12 月。

9. 《文藝美學辭典》，王向鋒主編，遼寧大學出版社，1987 年 12 月。

10. 《美學辭典》，王世德主編，木鐸出版社，1988 年 7 月。

11. 《談中國畫》，沈叔羊，谷風出版社，1988 年 7 月。

12. 《美學與意境》，宗白華，淑馨出版社，1989 年 4 月。

13. 《電影的奧祕》，佐藤忠男著，廖祥雄譯，志文出版社，1989 年 10 月。

14. 《電影的語言》，馬斯塞里著，羅學濂譯，志文出版社，1990 年 12 月。

九、其　他

1. 《中國大百科全書》（中國文學），中國大百科全書出版社，1986 年 11 月。

2. 《中國文論大辭典》，彭會資主編，百花文藝出版社，1990 年 7 月。

十、期刊論文

1. 〈蘇詩之喜用擬人法以童心觀世界〉，蘇雪林，《暢流》四十五卷八期。

2. 〈韓愈以文爲詩說〉，程千帆，《古代文學理論研究叢刊》第一輯。

3. 〈詩美常在鹹酸之外〉，童慶炳。

4. 〈沈鬱頓挫試解〉，安旗，《杜甫研究論文集》三輯，北京：中華書局，1963 年 9 月。

5. 〈文法與詩中的模稜〉，梅祖麟，《中央研究院史語所集刊》第三十九本，1969 年

6. 〈中國山水詩的特質〉，林文月，《中外文學》第三卷八期，1975 年 1 月。

7. 〈從文學現象與文學思想的關係談六朝巧構形似之言的詩〉，廖蔚卿，《中國古典文學論叢》第一冊。

8. 〈論六朝詩中巧構形似之言〉，王文進，《師範大學國文研究所集刊》第二十三號，1979 年 6 月。

9. 〈論山水詩的形成和發展〉，胡念貽，收入《關於文學遺產的批判繼承問題》，岳麓書社，1980 年 1 月。

10. 〈田園詩論（一）〉，洪順隆，《華學月刊》一〇一期，1980 年 5 月。

11. 〈楊萬里文學理論研究〉，張健，《國立編譯館館刊》九卷一期，1980 年 6 月。

12. 〈談楊萬里作詩的活法及運用〉，王偉勇，《東吳大學中文系系刊》，第六期，1980 年 6 月。

13. 〈杜詩中的幽默〉，鄭明娳，《國魂》四二〇期，1980 年 11 月。

14. 〈楊誠齋詩研究〉，歐陽炯，《國立編譯館館刊》十二卷一期，1983 年 6 月。

15. 〈試論幽默〉，徐侗，《文學評論》，1984 年二期。

16. 〈楊萬里之思想性情德行與功業〉，歐陽炯，《中華文化復興月刊》十七卷 2 月，1984 年 2 月。

17. 〈關於宋代的田賦稅率和農民負擔問題〉，孔涇源，《中南民族學院

　　學報》，1984 年三期。

18.　〈有關楊誠齋研究中的幾點問題〉，于北山，《中華文史論叢》，1984
　　年四期。

19.　〈詩中有畫的再認識〉，史雙元，《學術月刊》，1984 年五期。

20.　〈點景生情──試論山水文學義界〉，蔡振璋，《東海文藝季刊》第
　　十五期，1985 年 3 月。

21.　〈宋詩的分期及其標準〉，陳植鍔，《文學遺產》，1986 年四期。

22.　〈禪宗的創造性思維形式〉，府憲展、徐小蠻，《中華文史論叢》，1988
　　年一期。

23.　〈誠齋詩源流論略〉，王守國，《中州學刊》，1988 年四期。

24.　〈宋代士大夫的生活思想風貌與理學文學〉，馬積高，《湖南師大社
　　會科學學報》，1988 年五期。

25.　〈楊萬里詠梅詩與誠齋體活法〉，劉德清，《江西大學學報社科版》，
　　1989 年一期。

26.　〈論楊萬里詩風轉變的契機〉，王琦珍，《江西社會科學》，1989 年四
　　期。

27.　〈論范成大以筆記為詩──兼及宋詩的一個藝術傾向〉，程杰，《南
　　京師大學報》，1989 年四期。

28.　〈試為幽默正名〉、陳孝英，《文藝研究》，1989 年六期。

29.　〈論頓挫美〉，吳功正，《學術論壇》，1990 年一期。

30.　〈宋代山水詞的文化審視〉，章尚正，《安徽大學學報》，1990 年二期。

31.　〈論宋代審美文化的雙重模態〉，周來祥、儀平策，《文學遺產》，1990
　　年二期。

32.　〈宋詩漫談〉（下），吳小如，《文史知識》，1990 年二期。

33.　〈散談奪胎換骨法〉，黃勤堂，《文史知識》，1990 年三期。

34.　〈楊萬里對江西詩派的繼承與變革〉，傅義，《中國文學研究》，1990
　　年三期。

35.　〈從宋詩到白話詩〉，葛兆光，《文學評論》，1990 年四期。

36.　〈楊誠齋詩初論〉，戴武軍，《求索》，1990 年六期。

37.　〈論宋人平淡詩觀的特殊指向與內蘊〉，韓經太，《學術月刊》，1990
　　年 7 月。

38.　〈八十年代山水文學研究縱橫觀〉，章尚正，《文史知識》，1990 年八
　　期。

39. 〈明鏡與泉流——論南宗禪影響於詩的一個側面〉,孫昌武,《東方學報》第六十三冊,京都 1991 年 3 月。

40. 〈韻味與詩美〉,韓經太,《文學遺產》,1991 年 3 月。

41. 〈論宋代遊記多樣化的原因〉,王立群,《河南大學學報》,1991 年 3 月。

42. 〈范成大山水田園詩研究〉,林天祥,成功大學史語所碩士論文,1991 年 6 月。

43. 〈論宋詩的以俗爲雅及其文化背景〉,莫礪鋒,《國際宋代文化研討會論文》,1991 年 8 月。

44. 〈北宋文化與人才問題芻議〉,王曉波,同上。

45. 〈論宋代的隱逸〉,劉文剛,同上。

46. 〈宋詩特色之自覺與形成〉,張高評,《國際宋代文化研討會發表論文》(增訂稿),1991 年 10 月。

47. 〈宋詩與化俗爲雅〉,張高評,《第一屆中國民間文學學術研討會論文》,1991 年 12 月。

48. 〈禪宗與宋詩〉,周裕鍇,發表年月不詳。